KB101992

강서울 현대 판타지 소설

MODERN FANTASTIC STORY

탑스타의 재능 서고

탑스타의 재능 서고 4

강서울 현대 판타지 소설

초판 1쇄 찍은 날 § 2021년 5월 17일
초판 1쇄 펴낸 날 § 2021년 5월 24일

지은이 § 강서울
펴낸이 § 서경석

총괄팀장 § 노종아
편집책임 § 박현성
디자인 § 공간42

펴낸곳 § 도서출판 청어람
등록번호 § 제387-1999-000006호
등록일자 § 1999. 5. 31
어람번호 § 제1-3136호

주소 § 경기도 부천시 부일로 483번길 40 서경B/D 3F (우) 14640
전화 § 032-656-4452 팩스 § 032-656-4453
http://www.chungeoram.com
E-mail § chungeorambook@daum.net

ISBN 979-11-04-92345-6 04810
ISBN 979-11-04-92327-2 (세트)

강서울 현대 판타지 소설
MODERN FANTASTIC STORY

4

탑스타의
재능 서고

탑스타의 재능 서고

목차

제1장

충돌 *II*

"자, 그러면 호진 역은 은수 씨가, 태령 역은 상준 씨가 해보는 걸로 하죠."

상준은 고개를 끄덕이며 잠시 감았던 눈을 떴다.

스르륵.

어젯밤에 체크했던 대사들이 눈앞에 선명하게 그려졌다.

최태령.

한국대 병원의 4차원 의사이자, 잘못된 방향으로 엇나가는 팀원들에게 일침을 가하는 인물.

선배도 후배도 없이, 제 방향을 걸어가는 마이 웨이 막내 역이지만 조연인 비중과는 달리 연기하기엔 은근 까다로운 상대였다.

"시작할까요."

감독의 한마디에, 상준의 눈빛이 180도로 바뀌었다.

'잘못 본 건가.'

어딘가 달라진 듯한 상준의 분위기.

똘끼 충만한 눈빛에 양쪽 주머니에 손을 찔러 넣은 모습까지.

감독의 곁에 앉아 있었던 신인 작가는 당황한 낯빛이 되었다.

자신이 그렸던 최태령의 모습이 마치 눈앞에 살아 숨 쉬는 것 같은 기분이다.

'뭐지.'

비록 신인 작가라 하더라도, 그 재능의 위화감을 감지할 수 있었다.

대사도 한마디 뱉어내지 않았음에도 묘하게 최태령의 분위기를 자아내는 상준의 눈빛. 그런 상준이 조심스레 입을 뗀 순간.

"왜 이렇게 하냐고요? 선배는 어떨지 몰라도 전 이 방법밖에 몰라요."

레지던트답지 않은 패기.

극 속 태령의 대사를 완벽히 담아낸 상준의 한마디에, 작가는 속으로 탄성을 터뜨렸다.

은수는 대본을 내려다보며 주인공 호진의 대사를 읊어나갔다.

"중요한 수술이야. 내 커리어에도, 네 미래에도. 이거 놓쳐서 환자 죽으면, 네가 책임질 거야?"

트라우마를 가지고 있는 호진은 단 한 명의 환자도 보내려 하지 않는다.

위험한 수술 앞에서도 자신의 손으로 끝까지 책임지겠다고 고집을 부리는 호진. 그런 호진에게 태령이 일침을 가하는 장면이다.

"그래서, 자신 있으세요?"

마이 웨이를 달리는 태령의 한마디에 호진은 경악한다.

"뭐……?"

"중요한 수술이라면서요. 그런데 처음 도전하시는 거잖아요. 환자를 죽이는 게 아니라, 더 잘할 수 있는 사람에게……."

"지금 가르치는 거야?"

호진의 분노 앞에서 태령이 움찔하는 장면.

상준은 파르르 떨리는 눈꺼풀로 한 걸음 뒤로 물러섰다.

'와.'

그와 달리 대본을 움켜쥔 채 간신히 대사만 전달하고 있는 은수.

'뭐야.'

연기 경력을 따지면 단연 은수가 한 수 위다.

고작 신인으로 데뷔한 상준쯤이야 쉽게 누르고 가리라 생각했는데, 이런 상황은 예상외다.

"전, 이 수술 반대예요."

거기에 일격을 꽂는 상준의 한마디.

팀의 막내가 용기를 내기 시작하는 순간을, 생생하게 담아내는 상준의 연기에 어느덧 모두가 몰입하고 있었다.

심사를 보러 온 것이 아니라 드라마 한 편을 보고 있는 기분.

"……."

옆에서 입을 벌린 채 상준의 연기에 빠져든 작가를 보고선, 감독은 미소를 흘렸다.

"됐어요."

"네, 감사합니다!"

"감사… 합니다."

원래였다면 훨씬 더 나은 역량으로 연기를 선보였을 은수지만, 이번에는 완전히 말려 버렸다. 은수는 굳은 표정으로 고개를 떨구었다.

스스로의 연기는 본인이 가장 잘 아는 법이다.

그런 면에서 오늘의 연기는 기대 이하였다.

은수는 초조한 표정으로 입술을 지그시 깨물었다.

"자, 연기 잘 봤어요."

감독은 그런 상준과 은수를 번갈아 바라보며 입을 열었다.

아까와는 확연히 달라진 공기.

심사 위원들의 시선이 상준에게로 쏠렸다.

"이야, 연기 너무 잘하는데요?"

"신인 맞아? 대박인데, 진짜."

"최태령 역에 딱이네."

아.

이것까진 생각을 못 했다.

최태령 역에 너무 몰입한 나머지 원래 면접 보러 온 배역이 호진의 역이라는 것을. 상준은 난처한 얼굴로 두 눈을 끔뻑였다.

'이게 아닌데……'

"최태령이 살아 돌아온 줄 알았어요."

"보고 감동했다니까."

최태령의 역도 충분히 마음에 들었지만, 처음부터 상준을 사로잡은 건 호진이었다.

이유는 뭘까.

'괜히 친밀감이 들어서.'

마치 자신의 얘기 같았다.

트라우마를 가지고 있는 것도, 동생을 마음속에서 떠나보내야 했던 것도. 그래서 더 마음이 갔는지도 몰랐다.

다행히도 그런 상준의 심정을 알아챈 건지, 감독이 너털웃음을 터뜨리며 말했다.

"아, 다 좋은데 최태령 역은 이미 맡은 배우가 있어요."

"아, 그렇군요."

분명 고개만 끄덕일 뿐인데 묘하게 안색이 밝아진 게 느껴진다.

"그 배우한테 녹화해서 보여주고 싶을 정도의 연기네."

"감사합니다."

"그러면 혹시 호진 역 연기도 보여줄 수 있어요?"

감독의 시선이 상준을 향해 반짝였다.

상준은 힘차게 고개를 끄덕이며 답했다.

이미 은수는 뒷전으로 미뤄진 지 오래였다.

"5페이지 첫 번째 씬. 아, 대본 보고 해도 돼요."

"…외웠습니다."

"이 정도면 배우 할 게 아니라 뉴스에 나와야 할 것 같은데."

감독은 황당하다는 듯 머리를 긁적였다.

물론 고작 하루 치 단기 기억력이긴 하지만.

'아, 너무 눈에 띄나.'

상준은 머리를 긁적이며 다급히 덧붙였다.

"그럼 살짝만 보겠습니다."

"굳이 애쓰지 않아도 돼요. 머리 나쁜 사람들은 더 자괴감만 들어."

"아……."

이미 타이밍을 놓쳐 버린 뒤였다.

상준은 헛기침을 하며 다시 고개를 들었다.

그리고.

'진짜 뭐냐.'

고개를 들자마자 다시 바뀌어 버리는 눈빛.

아까는 태령의 당참을 고스란히 표현하던 얼굴이 곧바로 호진이 된다.

트라우마 때문에 한결 날카로워졌지만, 분명 환자를 향한 열정이 가득 담긴 호진의 한마디.

"나는 딴건 몰라도 환자로 타협하진 않아."

살벌한 상준의 눈길이 은수에게 향한다.

상대역을 받아줄 사람이 없기에 은수에게 시선을 보냈을 뿐이지만.

'뭘까.'

은수는 괜히 작아지는 기분이었다.

압도적인 연기력.

JS 엔터 연습생 시절부터 타고난 재능을 유감없이 발휘하던 은수를 막아설 수 있는 사람은 단 한 명밖에 없었다.

'나상운.'

뛰어난 재능으로 모두를 사로잡던 아이.

그때의 상운의 모습을 지금의 상준에게서 보는 기분이었다.

"그게 내 신념이고, 마지막 자존심이야."

정면을 빤히 응시하는 시선.

상준의 완벽한 연기 앞에서 신인 작가는 전율마저 느끼고 있었다.

'확실히 신인치고는 잘하네.'

오랜 연예계 생활 동안 수많은 배우들을 봐온 감독은 조금 더 냉철하긴 했으나, 그 역시 보는 시각은 같았다.

신인답지 않은 안정적인 감정 표현과 등장인물을 고스란히 이해한 듯한 완벽한 분석력.

세세하게 뜯어본다면야 손을 댈 수는 있겠지만.

'저 자체로도 매력 있어.'

이유는 모르겠지만, 보는 사람을 끌어들이는 연기.

감독은 굳이 그 연기에 손을 대고 싶지 않았다.

최태령 역도 마음에 들었지만.

"이거네."

호진의 역할은 진짜였다.

분석의 깊이가 다른 만큼, 상준의 눈빛에도 자신감이 서려 있었다.

'이 역할이 하고 싶습니다.'

상준의 눈은 이미 그렇게 말하고 있었다.

감독은 흐뭇한 미소를 지으며 입을 열었다.

"결정했습니다."

더 볼 것도 없었다.

"서호진 역, 상준 씨가 맡아주세요."

*　　　　*　　　　*

"와, 그걸 형이 따냈다고?"

"진짜야, 진짜?"

상준이 서호진 역을 배정받았다는 건 JS 엔터에서도 커다란 충격이었다. 케이블 드라마를 통해 정식 연기 데뷔를 시키고자 잡은 스케줄이었으나, 상황이 이렇게 되고 나니 조승현 실장도 훨씬 분주해졌다.

"실장님이 좋아서 난리가 나셨던데."

공교롭게도 블랙빈과 같은 엔터이다 보니 대놓고 좋아할 수는 없었겠지만, 도영의 말에 의하면 복도를 걷다가도 콧노래를 부르고 있었더란다.

"야, 넌 괜찮아?"

하지만.

다른 사람은 몰라도 도영이 있으니 대놓고 좋은 티를 낼 수는 없다.

유찬은 걱정스러운 눈길로 슬쩍 도영을 찔러보았다.

다음 음방 녹화를 위해선 발걸음을 재촉해야 한다.

대기실로 향하는 와중에도 도영의 얼굴은 태연함, 그 자체였다.

"나? 내가 안 좋을 게 뭐가 있는데?"

도영은 유찬의 물음에 어이없다는 듯 웃음을 흘렸다.

어깨까지 으쓱여 보이며 도리어 되묻는 도영이다.

"내가 그때 그랬잖아. 나는 진심으로 상준이 형이 따 오길 바랐어, 그 배역."

"에이, 아무리 그래도 그렇지."

선우는 손사래를 치며 도영을 힐끗 돌아보았다.

빈말이라고 생각하는 멤버들이었지만, 도영은 담담하게 말을 뱉었다.

"진짠데."

"아……?"

"지가 너무 잘난 줄 알아서, 가끔 눌러줘야 돼."

평상시 생글거리는 도영이 맞는가 싶을 정도로 싸늘한 한마디.

유찬이 혀를 차며 도영에게 말을 던졌다.

"야, 동생 맞냐."

"맞아. 너무했다."

"전해줘야지."

막대 사탕을 입에 문 채 고개를 젓는 제현.

살짝 심각하게 가라앉은 공기를 직감했는지 도영은 피식 웃으며 몸을 일으켰다.

"농담이지, 농담. 지가 너무 잘난 줄 아니까."

"……"

"그리고 그 배역 자체가 상준이 형한테 찰떡……"

쉴 새 없이 말을 이어가던 도영은 내려앉은 침묵에 고개를 돌렸다.

"야, 다들 표정이 왜 그……"

그 순간.

익숙한 얼굴이 도영의 옆을 스쳐 지나갔다.

"……"

"망했네."

살짝 굳은 표정의 차은수.

도영의 말을 들었는지는 알 길이 없지만, 미묘하게 어색해진 공기 사이에 눈치 없는 블랙빈의 레이가 도영의 어깨를 쳤다.

"이야, 도영이. 오랜만이네."

"아, 형. 진짜 오랜만."

"야, 차은수, 뭐 해. 애들한테 인사 안 하고."

레이가 대수롭지 않은 얼굴로 은수에게 말을 걸긴 했으나.

이미 사태를 수습하기엔 늦어버린 뒤였다.

"……."

복도에 울려 퍼지는 싸늘한 발소리.

대답 없이 쌩 지나쳐 가는 차은수의 뒷모습을 바라보며, 레이는 의아한 표정으로 중얼거렸다.

"왜 저래?"

"……."

차라리 못 들은 게 낫다.

도영은 침을 삼키며 고개를 돌렸다.

이미 한참 멀어져 버린 은수.

레이는 어깨를 으쓱이며 말을 던졌다.

"아."

"가을 타나?"

＊　　　　＊　　　　＊

"와, 진짜 잘하네. 어린 친구가."

"근데 누구예요?"

"아이돌 하는 친구래요."

그때의 그 껄끄러움을 뒤로하고, 상준은 은수와는 업무상 마주칠 수밖에 없었다.

'도영이 일 때문인가.'

대놓고 내색하진 않지만, 은근히 거리를 두는 것 보면 무슨 일이 있는 것 같긴 한데. 상준은 의아한 눈길로 고개를 돌렸다.

"음."

드라마 대본 리딩 현장에서도 은수는 줄곧 굳은 표정으로 상준을 의식하고 있었다.

"연기, 아주 잘 봤어요."

"바로 촬영 들어가도 되겠는데."

대본 리딩이 끝나자마자, 모여 앉은 배우들이 상준을 향해 질문 세례를 쏟아부었다.

그중에는 상준이 존경하는 대배우도 함께였다.

"감사합니다. 열심히 하겠습니다."

남자주인공 역할을 움켜쥐긴 했으나, 이들에 비하면 자신의 연기는 아무것도 아니라는 걸 알고 있었다.

상준은 거듭 고개를 숙이며 두 눈을 반짝였다.

'배워 가자.'

뭐라도 배워 가야 한다.

재능으로 극복할 수 없는 영역이 노력이라는 것을, 누구보다 잘 알고 있는 상준이기에.

"대본 리딩은 이 정도 하고, 촬영 현장에서 봅시다."

충분히 긴장할 만한 자리였음에도 잘 해냈다.

상준은 미소를 지으며 자리에서 몸을 일으켰다.

지금 이곳에 상준보다 후배인 사람은 하나도 없었다.

상준은 인사를 건네며 마지막으로 자리를 지켰다.

"들어가세요."

"잘 부탁드립니다!"

패기 넘치는 얼굴로 여기저기 인사를 건넨 뒤, 상준은 천천히 자리를 뜨려 했다.

'이만하면 되었겠지.'

선배들의 연기를 보면서 감탄을 거듭했던 상준이다.

대본 리딩일 뿐인데도, 경험이 많은 대선배들은 차원이 달랐다.

"집 가서 더 연습해야겠네."

상준은 작게 중얼거리며 고개를 들었다.

"저도 이만 들어가 보겠습니다."

미소를 지으며 자리를 뜨는 상준.

그런 상준을 빤히 바라보고 있던 은수가 따라 일어섰다.

줄곧 상준을 무미건조한 표정으로 살피고 있었던 은수다.

그런데.

"매니저님, 저희 다음 스케줄이……."

"아?"

송준희 매니저와 대화를 나누며 걸어가던 상준을.

"형."

굳은 표정의 은수가 막아섰다.

*　　　　　*　　　　　*

의미심장한 표정으로 앞을 막아선 은수 탓에 대단한 말이라도 꺼낼 줄 알았건만.

은수의 입에서 튀어나온 말은 전혀 뜻밖의 것이었다.

"이 배역이 어울린다고 생각해? 형한테."

얼핏 봐도 시비조인 은수의 말에 상준은 인상을 찌푸렸다.

함께 정식으로 오디션도 마친 뒤였다.

'그런데 왜…….'

되도 않는 억지를 부리고 있다는 걸 본인도 알 텐데, 저렇게 나오는 이유를 알 수 없었다.

상준은 짜증 섞인 한마디를 던졌다.

"뭔 소리야, 그게."

줄곧 형형하게 타오르던 은수의 눈빛에 이내 당황한 빛이 서렸다.

상준의 말에서 반박할 거리를 찾지 못했는지, 은수는 다급히 고개를 저었다.

"아니야, 됐다."

분명 하고 싶은 말이 있는 표정이다.

'분명 뭔가 있는데.'

하지만 물을 새도 없이, 은수는 고개를 숙인 채 급하게 나가 버렸다.

"……."

고작 원하던 배역이 겹쳤다는 이유로 저렇게 나올 녀석이 아니었다.

상준은 혼란스러운 낯빛으로 멀어져 가는 은수의 뒷모습을 응시했다.

"뭐지."

어디서부터 잘못된 걸까.

갑자기 이상해진 은수를 바라보며, 상준은 의아한 낯빛으로 자리를 떴다.

*　　　　　*　　　　　*

"와아아악! 미쳤다."

"악, 깜짝이야. 왜 소리 지르는데."

"미쳤다, 미쳤어."

"뭔데."

난장판이 된 채 함성을 내지르는 유찬.

도영이 황당한 표정으로 돌아보자, 해맑은 유찬의 한마디가
울려 퍼진다.

"나 1등 했어."

"아, 게임에서?"

"……."

"현실에서 1등을 좀 해라, 이 자식아."

평화로운 대화를 주고받는 둘을 돌아보고선, 상준은 담담한
얼굴로 대본을 읽어 내려갔다. 다음 주부터는 정식 촬영이다.

상준은 감정을 살려 대본에 있는 대사들을 하나씩 체크하기
시작했다.

'제발. 한 번만 도와주세요.'

성격이 모난 호진에게 잊고 싶지 않은 하나의 기억.

"이렇게 된 거구나."

시놉시스로 한번 접하긴 했으나, 호진의 사연을 대본으로 확

인한 순간 상준은 무겁게 가라앉을 수밖에 없었다.

동생을 받아주는 병원이 없어서 끝내 동생을 잃었던, 그렇기에 그 어떤 환자도 포기할 수 없었던 인물.

'난 환자를 살리는 게 우선이야. 절대 이렇게 떠나보낼 생각 없어.'

본인이 감당하지 못할 수술마저도 떠맡는 모습을 보며, 상준은 호진의 대사를 따라서 읊어나갔다.

"절대 이렇게 떠나보낼 생각 없어."

동생에 의한 트라우마로 환자에 대한 집착을 버리지 못했던 호진의 모습이, 동생이 마지막으로 했던 말 때문에 이렇게 미련을 못 버리고 있었던 자신과 같아서.

대본을 물끄러미 내려다보던 상준의 눈시울이 붉어졌다.

'난 이뤄냈잖아.'

당당하게 데뷔해서 무대에 선 자신의 모습을 상운이 봤다면 더 좋았겠지만.

'무대 위에서 만나자. 같이 데뷔해서.'

상운이 건넸던 말을, 상준은 아직 잊지 않고 있었다.

상준은 침을 삼키며 대본을 덮었다.

그 순간.

'이 배역이 어울린다고 생각해? 형한테.'

왜일까.

은수가 던진 한마디가 자꾸만 상준의 머릿속을 맴돌았다.

분명 이 역할을 해낼 자신이 있다고 믿었는데.

자신에게 질문을 던지는 듯한 그 눈빛은 뭐였을까.

'아니야, 됐어.'

마지막으로 찝찝하게 나가 버린 은수의 뒷모습까지.

생각하면 생각할수록 뭔가 걸리는 듯한 기분이 들었다.

"…별거 아니겠지."

그냥 단순히 배역을 뺏긴 은수의 투정일 뿐이라고.

차라리 그렇게 편하게 생각해 버리고 싶었다.

'아닌 것 같았지만……'

복잡한 생각 속에 머리를 싸매던 상준.

그의 시선 끝에 조그마한 상자가 닿았다.

그 안에 가득 담긴 천 마리의 학.

'학인데요. 요즘 이런 거 누가 선물하냐고 그래서……. 제가 준비
해 봤거든요.'

'전해주세요.'

대본의 내용 때문일까.

문득 떠오른 기억에, 상준은 쓸쓸한 미소를 지으며 학을 바라
보았다.

＊　　　＊　　　＊

"자, 이쪽으로 모여주세요!"

대본을 완벽히 분석하고, 나오는 대사도 지난밤에 모두 외워버린 뒤였다. 그렇게 찾아온 첫 촬영이었기에, 상준은 침착하게 대사들을 머릿속에서 떠올렸다.

하지만 오늘은.

상준이 준비한 게 하나 더 있었다.

"와, 대박인데."

취이익.

듣기 좋은 소리와 함께 삼겹살과 볶음밥이 불판 위에서 어우러졌다.

군침이 도는 볶음밥의 자태를 확인한 상준은 미소를 지었다.

"밥차를 부르는 후배는 봤어도, 직접 요리하는 후배는 처음이네."

줄을 선 선배 배우들은 너털웃음을 터뜨리며 상준이 퍼주는 볶음밥을 받아 갔다.

'아이디어 어때요? 잘 먹힐 거 같은데.'

선배들을 상대로 눈도장을 확실히 찍겠다고 다짐한 상준이 내건 회심의 방법이었다. 출연진이 밥차를 부르는 것도 아니고, 직접 요리를 해주는 일이 흔하진 않았지만.

상준의 요리 솜씨를 봐온 조승현 실장은 단번에 근사한 밥차 한 대를 지원해 주었다.

"이야, 요리만 한 거 아니지? 연기도 연습했지?"

"물론입니다, 선배님. 한번 드셔보세요."

이제는 제법 처세술도 늘어난 상준이 생글거리며 말하자, 촬영장의 분위기도 한결 편안해졌다.

정성 그 자체로도 충분히 칭찬받을 일이지만.

"맛있는데?"

"진짜?"

"아니, 그 프로에서 봤잖아. 요리 잘하더만."

"이 정도인 줄은 몰랐지."

심지어 맛조차 완벽히 갖췄다.

갓 나온 따끈따끈한 볶음밥을 한입에 밀어 넣은 감독은 감탄을 터뜨렸다. 방송에서 접했을 때는 그저 방송용이겠거니 했는데, 이렇게 먹어보니 차원이 다르다.

"진짜 잘하네."

"감사합니다!"

상준은 인사를 주고받으며 슬그머니 옆에 놓인 책을 펼쳤다.

―?: 78,390/100,000

벌써 꽤나 할당량을 채운 수치.

최근에 멤버들에게도 요리를 해준 데다가, 오늘 이렇게 대규모로 요리를 맡게 되니 쭉쭉 올라가고 있는 수치다.

'곧 체화하겠네.'

상준은 콧노래를 흥얼거리며 한 숟가락을 입에 밀어 넣었다.

짭짤하면서도 매콤함이 적절히 섞여 있는 맛에 자꾸만 볶음밥에 손이 간다.

'내가 만들었지만 맛있네.'

상준은 머쓱한 미소를 지으며 정신없이 남은 밥을 퍼나갔다.

그 순간.

"막내가 수고하네."

"헉."

익숙한 얼굴이 상준의 앞에 섰다.

호탕한 웃음을 터뜨리며 밥차를 쓰윽 살피는 여유로운 눈길.

상준이 그토록 팬이었던 대선배 황민철이었다.

스크린을 압도하는 연기력.

무려 24년의 연기 인생을 살아온 그는 충무로와 각종 스크린을 종횡무진하는 실력파 배우다.

"맛있게 드십시오."

"그래요."

뱉어내는 한마디, 한마디에서 여유가 느껴진다.

이번 드라마에서 비록 남자주인공 역이 상준이긴 하지만, 전반적으로 드라마의 큰 비중을 차지하고 있는 역은 단연 황민철 배우가 맡은 역임이 분명했다.

'와, 그냥 봐도 멋있어.'

대본 리딩 때도 툭 뱉어내는 그의 연기에 속으로 탄성을 터뜨렸을 만큼, 그의 연기는 남들과는 다른 면이 있었다.

"이따 연기도 열심히 하고."

"네, 감사합니다!"

그렇기에 상준은 더욱 힘차게 대답했다.

저런 대선배 앞에서 연기를 배울 수 있는 것만으로도 큰 영광

이었으니까.

"자, 그럼 다들 촬영 시작해 봅시다!"

"각자 위치로 가주세요."

상준의 밥차 조공 덕인지 밝은 분위기에서 촬영이 본격적으로 시작했다.

촬영 때는 급하게 끼니를 때우는 경우도 다반사인데, 오랜 대기 시간 동안 지루하지 않게 밥차까지 불러왔으니.

'이 정도면 됐네.'

화기애애한 촬영장을 돌아보며 상준은 확신했다.

'점수는 제대로 땄다.'

모두가 즐거워 보이는 촬영장에서도 예외는 있었지만.

굳어 있는 은수를 힐끗 돌아본 상준은 대본으로 자신의 얼굴을 가렸다.

과거에 편하게 인사를 나누며 지냈던 것이 거짓말인 것처럼 갑자기 껄끄러워진 사이에 적응이 안 되는 건 상준도 마찬가지였다.

"씬 쓰리, 시작하겠습니다!"

하지만, 상황이 상황이니만큼 복잡한 심경이 연기에 전해져서는 안 됐다.

상준은 다짐한 듯 허공에서 책 한 권을 꺼내놓았다.

'연기… 연기 능력.'

「연기 천재의 명연」은 명확한 한계가 있었다.

캐릭터를 완벽히 이해하여 몰입도를 높일 순 있지만.

시청자들이 캐릭터를 온전히 받아들일 수 있도록 적용하는 영역은 온전히 상준의 몫이었다.

신인치곤 대단하네.

이런 칭찬은 수도 없이 들었지만, 상준은 그 칭찬에서 전제를 빼버리고 싶었다.

모두가 빠져들 수 있는 명연.

마치 자신이 지금 동경하는 대선배 황민철처럼.

상준 역시 그런 연기를 해보고 싶었다.

'이거네.'

「연기 천재의 명연」은 겨우 입문자편의 서책이었다.

재능 서고를 한바탕 뒤지고 나서, 상준이 찾아낸 고급편.

상준은 환한 빛을 뿜어내는 책을 보며 미소를 지었다.

'똑바로 보라고.'

이 배역이 어울리지 않는다며, 자신에게 한마디 했던 은수에게만큼은 제대로 보여주고 싶었다.

'시작됐다.'

슬레이트 소리가 나자마자, 순식간에 바뀌어 버리는 상준의 분위기.

늘 제멋대로인 성격 탓에 병원에서 사실상 버림받았던 호진을 원상이 눈에 들이는 장면이었다.

"나랑 얘기 좀 했으면 하는데."

모난 탓에 툴툴대고 다니는 호진과는 달리 여유로운 원상의 분위기.

거기에 대선배인 민철의 연기까지 더해지고 나니, 상준은 온몸에서 미세한 전율을 느꼈다.

'진짜다.'

마치 대본 속 등장인물이 튀어나와 말을 거는 듯한, 생동감 넘치는 연기. 평상시라면 이런 연기 앞에서 주눅이 들어버릴 상준이었지만, 재능이 있다면 다르다.

'할 수 있어.'

상준은 주머니에 손을 꽂은 채 호진처럼 고개를 벌떡 들었다.

"왜 그러십니까?"

"아까 보니까, 뭐, 수술을 괜찮게 하는 거 같던데."

민철의 연기에 감탄하느라 순간 다음 대사를 놓칠 뻔했지만.

이럴 때 포커페이스의 재능이 도움이 된다.

상준은 인상을 찌푸리며 민철의 말을 받아쳤다.

"제가 재능이 좀 있어서요."

"자만하라고 하는 소리는 아닌데."

민철이 맡은 원상은 무게감이 있는 천재 의사였다.

자신의 사명을 지키고 늘 환자를 생각하는 바람직한 의사.

원석 같은 호진을 알아채고 자신의 편으로 만드는 인물이기도 했다.

그런 인물을 황민철이 연기하니.

"역시 황민철이네."

스태프들 사이에서도 절로 탄성이 튀어나올 수밖에 없었다.

황민철이 황민철임을 다시금 입증하게 하는 연기력.

그의 연기력이야 이미 널리 알려진 지 오래였지만.

그의 앞에 선 상준은 달랐다.

"근데… 쟤는 뭐지?"

분명 선배의 연기 앞에서 기가 죽을 법도 한데.

여유롭게 애드리브까지 쳐가며 대사를 받아치는 상준.

그의 능청스러운 한마디, 한마디에 스태프들의 눈빛이 바뀌기 시작했다.

"저는 줄 탈 생각 없습니다. 혹시 저에게 그런 제안 하시려는 거라면, 사양이고요."

"아니, 네가 잡아야 하는 줄이 이 세상에 딱 하나 있어."

여유로운 민철의 연기와 살벌하게 받아치는 상준.

그 사이에서 감도는 침묵까지.

카메라는 완벽하게 잡아내고 있었다.

'제법인데?'

민철은 속으로 웃음을 흘리며 상준을 빤히 응시했다.

온전히 호진에게 빠져든 듯한 단호한 목소리가 입을 열었다.

"그게 교수님이라면 전 의향이 없……."

"기억해. 네가 잡아야 할 줄은 환자야."

"……."

"그걸 아는 것 같아서 널 부른 거고."

호진의 재능을 엿본 원상이 제안하는 장면.

둘의 팽팽한 연기가 끝나자마자, 감독이 감탄과 함께 오케이 싸인을 보냈다.

"컷! 오케이!"

"와, 진짜 대박인데?"

둘이 처음으로 연기를 맞춰보는 장면이다.

이상이던 배우와 함께하는 연기.

상준은 거듭 고개를 숙이며 미소를 지었다.

민철은 상준의 어깨를 툭툭 치며 말을 뱉었다.

"요리만 잘하는 게 아니라, 연기도 잘하네."

"감사합니다!"

다른 사람이면 몰라도 황민철에게 받는 칭찬이라니.

이번만큼은 상준도 표정 관리가 되질 않는다.

자꾸만 올라가는 입꼬리를 내리려 애쓰며 대기석으로 돌아가려던 찰나였다.

"자, 조금만 쉬었다가 다음 씬 가겠습⋯⋯."

"어⋯⋯?"

스태프들의 시선이 한쪽으로 쏠리고.

촬영장이 술렁이기 시작했다.

*   *   *

"안녕하십니까!"

"잘 부탁드립니다!"

"와, 여기 세트장 너무 멋있는데?"

우렁찬 목소리로 인사를 마친 후 쪼르르 달려오는 저 네 명의 실루엣은, 상준의 눈에도 너무나 익숙한 얼굴들이었다.

"잘 찍고 있어?"

"라디오방송 있어서 가는 길에 들렀지."

연기의 본격적인 첫걸음을 떼기 시작한 상준을 위해 응원차 찾아온 멤버들이다. 어차피 다음 대기 시간까지는 한참의 여유가 있을 예정이다.

상준은 미소를 지으며 힘차게 손을 흔들었다.

"야, 안 바빠? 다들?"

"바쁘지. 몸이 닳을 지경인데, 그래도 이런 자리는 와줘야 하지 않겠어?"

도영이 오두방정을 떨며 주머니를 뒤적였다.

"자, 여기. 모른 척."

"와, 정말 아무것도 없었잖아?"

"너무 티 나는데?"

능청스럽게 소시지를 건네주는 도영이다.

육식이 고팠던 상준은 탄성을 뱉어내며 주머니에 소시지를 밀어 넣었다.

"아주 나이스하지?"

"최고의 응원이다."

상준은 엄지손가락을 치켜올리며 도영에게 눈짓을 보냈다.

멀뚱히 서 있던 막내도 큰 결심을 마친 눈빛으로 주머니를 뒤적였다.

"이거."

"와,"

이건 다른 의미로 감동이다.

막대 사탕이라면 껌뻑 죽는 제현이 친히 막대 사탕을 하사하다니.

상준은 감탄과 함께 제현에게 말을 던졌다.

"일용할 양식을 주서서 감사합니다."

"그럼요."

제현은 뿌듯한 미소를 지으며 한 걸음 뒤로 물러섰다.

그때, 대본을 살피던 황민철이 탑보이즈 쪽으로 다가왔다.

여유가 느껴지는 부드러운 눈빛에 탑보이즈는 경건한 눈빛으로 우두커니 섰다.

"헉, 선배님."

"안녕하십니까!"

신인답게 각이 진 듯한 인사.

황민철은 손사래를 치며 상준에게 말을 걸었다.

아까 상준과 첫 연기 합을 맞춰본 순간, 꼭 따로 대화를 나눠보고 싶어져서였다.

'대박이었지.'

연기를 하루 이틀 해온 것도 아니다.

수많은 배우들을 봐왔지만, 저건 엄청난 재능의 영역이었다.

'지난번 대본 리딩 때랑 또 달라.'

상준이 연기를 잘한다는 소식은 매니저를 통해 얼핏 들은 뒤였다.

'잘하는 신인 있다던데요.'

'그래?'

연기에 열정을 가진 친구라면 비록 신인이라해도 선입견을 가지고 바라보진 않았다. 오히려 어설프게 연기를 배운 친구들이 더 고집을 갖는 경우가 많으니까. 그렇다고 해서 이 정도의 실력을 기대한 건 아니었다.

'배운 연기가 아니야.'

진심에서 우러나오는 연기.

등장인물을 완전히 이해하고 그 배역에 오롯이 몰입하지 않는 이상 나올 수 없는 연기였다.

상준은 민철의 능숙한 연기를 보며 전율을 느꼈겠지만, 민철 역시 상준의 연기를 보며 소름이 돋았다.

"연기 아주 잘하더만. 연습 많이 했나?"

"네, 그렇습니다!"

"와, 대박."

다른 사람도 아닌 황민철의 인정이라니.

가만히 듣고 있던 유찬은 짧게 탄성을 내뱉었다.

그 와중에 황민철을 빤히 바라보던 제현은 멍하니 말을 뱉었다.

"와, 연예인이다."

"야, 너무 크게 들렸어."

옆에 서 있던 선우가 뒤늦게 눈치를 줬지만, 황민철도 들은 모양인지 피식 웃음을 터뜨렸다.

방송국에서 다른 연예인들을 보긴 했지만.

황민철이라면 경우가 다르다.

"팬입니다, 진짜."

"저도요. 와, 신기해요."

탑보이즈는 거듭 두 눈을 반짝이며 황민철과 악수를 이어갔다.

"자, 나는 슬슬 촬영 가봐야 하니까. 나중에 방송에서 또 만나자고."

황민철은 연기에 있어선 카리스마가 넘치는 배우였지만, 실제 성격은 들었던 대로 소탈한 편이었다.

흐뭇하게 후배들을 바라보는 눈길에 멤버들은 감격한 얼굴로 거듭 고개를 숙였다.

"다음 촬영은 언제야?"

다음 씬은 황민철과 다른 조연 배우들의 촬영 씬이니, 또다시 무한 대기의 시간이 시작되었다.

"꽤 남았지."

드라마 촬영은 기다림의 연속이었다.

하지만, 투정을 부릴 수는 없었다.

주연인 상준이 이 정도라면, 조연들은 몇 시간씩 기다려서 한 컷을 찍는 경우도 다반사니까.

"이거 끝나면 그다음으로 들어가야 해."

공교롭게도 은수와의 동반 촬영이다.

상준이 허공을 향해 어색하게 시선을 둔 사이, 주변을 두리번 대던 유찬이 은수를 발견했다.

"어, 은수 형이네."

"……."

지난번 도영과의 어색한 조우 이후로 형제는 아직도 대화를 나누지 않은 모양이었다. 괜히 그 여파가 상준에게까지 이어지는 건 아닐까.

은수와 상준의 사이가 요즘 서먹해졌다는 소리를 전해 들은 선우가 도영의 어깨를 툭 쳤다.

"야, 언제까지 그럴 거야."

"몰라."

"네가 잘못한 거지. 그렇게 대놓고."

아무리 마음에 없는 소리라고 해도.

그 말을 은수가 들었다면 당연히 곱게 반응이 나올 리 없었다.

그럼에도 도영은 여전히 툴툴거리고 있었다.

"됐어. 화 풀리면 알아서 말하겠지."

"내가 못 산다, 진짜."

탑보이즈라고 의견 충돌이 없는 건 아니었다.

조금이라도 조짐이 보이면 가장 먼저 나서서 중재해 준 선우 덕분에 싸움이 크게 번진 적이 한 번도 없을 뿐.

선우는 걱정스러운 눈길로 도영을 돌아보았다.

하필 그때, 스태프 중 하나가 탑보이즈 쪽을 힐끗 돌아보기 시작했다.

"둘이 형제 아냐?"

"맞는 거 같은데. 들은 적 있어."

설상가상으로 아무것도 모르는 블랙빈 매니저가 은수를 끌기 시작했다.

"저기 네 동생 왔는데?"

"…아."

도영에게도 들릴 만큼 큰 소리였기 때문에, 도영은 팔짱을 낀 채 은수를 힐끗 돌아보았다.

"후우."

먼저 사과하기엔 자존심이 상하고, 그냥 넘어가자니 애매한 상황이다.

그런 상황에서 도영이 용기 내 입을 떼었을 때.

"관심 없어요."

"어? 왜 그래?"

은수의 싸늘한 한마디에 블랙빈 매니저는 당황한 얼굴로 두 눈을 끔뻑였다. 가만히 앉아 있던 유찬은 제현에게 작게 속삭였다.

"들었네, 들었어."

"그때."

"다 들었나 본데."

이쯤 되면 사과하고 상황을 정리할 법도 한데.

도영의 얼굴을 확인한 상준은 마음을 접었다.

"야, 차도영."

"......"

싸늘한 정적만이 촬영장에 감돌고 있었다.

*　　　　　*　　　　　*

"하."

상준의 촬영이 끝나고 숙소로 돌아와서도 도영은 분노에 차 있었다.

잔뜩 굳은 표정을 보는 건 거의 처음이라, 평상시라면 도영을 놀렸을 유찬도 조용히 입을 다물고 앉아 있었다.

"뻔하다니까. 한두 번 보냐고, 내가."

형제들의 싸움에 굳이 끼어들이고 싶진 않았지만, 도영은 곧바로 상준을 붙들었다.

"형한테 그렇게 하는 것도 뻔하잖아."

사실 은수를 누구보다 가까이서 봐온 건 도영이 맞았다.

도영은 열변을 토하며 머리를 짚었다.

"세상에 잘난 사람은 저뿐인 줄만 알아."

"도영아, 일단 진정하고."

선우가 뒤늦게 도영을 앉혔지만 이미 도영의 얼굴은 붉게 달아올라 있었다. 그동안 쌓인 게 많아 보이는 얼굴이라, 상준은 가만히 앉아서 도영의 말을 들었다.

"말해봐."

"여러 번 그랬거든. 그래서 나를 그렇게 개무시를 하셨겠지."

악에 받친 도영의 한마디에 선우는 놀란 눈으로 도영을 올려다보았다.

도영은 해탈한 눈빛으로 허공을 응시했다.

"나 데뷔하기 전까지, 그 자식이 나를 동생으로 생각한 적이나 있었을까?"

"야, 말을 왜 그렇게 해."

"형이 겪어봤어?"

선우는 도영의 말에 고개를 푹 숙였다.

도통 화내는 적이 없이 장난스럽던 녀석이 저렇게까지 하는 데는 분명 이유가 있을 것 같았기 때문이었다.

"그래……"

말끝을 흐리는 선우를 돌아보며 도영이 말을 이었다.

"나만의 착각이었으면 좋겠다, 진짜."

그렇게 말하는 도영의 눈꺼풀이 파르르 떨리고 있었다.

남들은 착각이라면서 비웃겠지만, 도영은 알 수 없는 이질감을 줄곧 느껴오고 있었다.

'나 캐스팅받았거든. 대박이지. 와, 심지어 형 회사야.'

열두 살의 어린 나이부터 연습생 생활을 시작했던 차은수.

그와 달리 도영은 중학생쯤 길거리캐스팅으로 JS 엔터에 들어가게 되었다. 그때부터였다.

"나는 못했거든. 노력으로 여기까지 올라온 거야."

재능이 넘쳐흐르는 은수와는 달리 도영은 노력파였다.

사실 다른 연습생들에 비하면 충분히 재능이 있었음에도 불구하고, 은수 앞에서는 작아질 수밖에 없었다.

"데뷔조 확정되고 나서 나를 슬쩍 피하더라."

"……."

"난 데뷔조에도 못 들었었거든."

밖에서는 친근하게 대하면서도 실제로는 서먹한 사이 그 자체라며, 도영은 억울한 눈빛으로 말을 뱉었다.

"더럽고 치사해서. 나도 데뷔하려고 죽어라 연습한 거야."

그런 사연이 있는 줄은 몰랐다.

자신과는 다른 의미로 간절했을 도영을 바라보며, 상준은 안타까운 낯빛이 되었다.

도영은 피식 웃음을 흘리며 어깨를 으쓱였다.

"근데 자기보다 잘난 사람 보면 질투하더라."

"……."

"그래서 그때 상운……."

감정이 격앙된 나머지 아무 생각 없이 말을 뱉어내던 도영은 황급히 말을 멈췄다.

"뭐?"

하지만.

이미 들어버린 상준이 그냥 지나칠 리가 없었다.

"그게 무슨 소리야."

"아무것도 아니야."

도영은 손사래를 치며 뒤로 물러섰다.

"별거 아니야."

창백해진 얼굴로 급하게 자리를 뜨는 도영.

저렇게 가버리니 상준도 물을 수 없었다.

'분명 무슨 말을 하려 했는데.'

상운의 이름이 나온 건 확실했다.

'뭐였을까······.'

상준은 나가 버린 도영의 빈자리를 찝찝한 심정으로 응시했다.

*　　　　*　　　　*

"왜들 그래, 갑자기?"

매니저가 건네는 한마디에 은수는 굳은 표정으로 물병을 들었다.

'관심 없어요.'

굳이 그렇게까지 말할 필요는 없었는데.

은수는 머리를 싸매며 한숨을 내뱉었다.

"별일 아니에요."

상준의 일로 예민해진 탓에, 그의 편을 대놓고 드는 도영에게 홧김에 성질을 낸 건 맞았다. 하지만, 그때 도영의 한마디는 계속 은수의 머릿속을 맴돌고 있었다.

'지가 너무 잘난 줄 알아서, 가끔 눌러줘야 돼.'

장난 삼아 말을 뱉어대는 경우는 많았지만, 그보다는 훨씬 묵직했던 한마디다.

그리고 그 말이 결코 이유 없이 튀어나온 말이 아니리라는 것도 알고 있었다.

'그렇게 생각할 만도 하지.'

은수는 씁쓸한 미소를 지으며 자리에서 몸을 일으켰다.

"저 잠깐 나갔다 올게요."

이렇게 심경이 복잡해질 때마다 은수가 찾는 곳이 있었다.

은수의 눈빛을 확인한 매니저는 대답 대신 고개를 끄덕였다.

마스크를 쓴 채 은수가 곧바로 향한 곳.

병실에 들어서자마자 은수는 나직이 한숨을 뱉어냈다.

"후우."

상준에게도, 도영에게도.

이러고 싶지는 않았다.

"야, 상운아."

은수는 씁쓸한 미소를 지으며 병실 의자에 앉았다.

서운한 마음에 제 형에겐 틱틱대고, 도영과도 돌이킬 수 없는 냉전으로 빠진 상황인데도.

누워 있는 상운은 마냥 평온한 얼굴이었다.

"네가 뭔 얘기 좀 해줘라."

"……."

"너, 그런 거 잘하잖아."

도영의 말이 맞는지도 모른다.

제 잘난 맛에 사는 인간.

상운이 JS 엔터에 들어오기 전까지, 은수는 자신을 넘어서는 연습생을 만나본 적이 없었으니까.

어디서든 주목받았고 어디서든 칭찬받는 연습생.

그 오만함 속에서 살아갔던 은수였다.

'그래서 질투했지.'

어느 날 혜성처럼 나타난 상운을 동경했고 한편으로는 질투했다.

처음으로 노력해 봐도 따라잡을 수 없는 사람이었으니까.

그렇게 자격지심에 매몰된 채 엇나가던 은수에게 일침을 가했던 게 상운이었다.

'형은 충분히 잘하는데. 왜 항상 만족하질 못해요?'

'뭐?'

'누구를 이기려고 하는 거 아니잖아요. 나 자신을 이기려고 하는 거지.'

눈에 들지 못하면 데뷔하지 못하고, 그러면 버려지는 냉정한 곳이 연예계다.

상운의 말이 그저 이상일 뿐이라며 비웃었던 은수도 어느덧 그의 말에 동화되어 갔다.

'너무 힘들어. 지쳐 버렸어.'

1,000m 달리기를 전력 질주로 나아가려 했던 서투른 은수에게 세상을 다시 보게 해줬던 사람.

그게 바로 상운이었다.

은수는 상운을 내려다보며 목이 메었다.

"내가 어떻게 해야 할까. 일어나서 속 시원하게 대답 좀 해줘."

1년 반의 시간이 흘렀지만, 은수의 기억은 그 전에 멈춰 버렸다.

데뷔를 했을 때도, 신인상을 받았을 때도.

텅 빈 허전함이 남아 있던 이유는.

'하나의 멤버가 없으니까.'

그래서 더욱 이해가 안 갔다.

"네 형은 뭐가 그리 태연한 건데."

데뷔한 상준을 스크린에서 볼 때마다 조금씩 의문이 들기 시작했다.

다녀간 사람의 흔적이 없는 듯한 텅 빈 병실의 책상을 보며 그 의문은 더해졌고. 타이틀곡 활동 땐 바빴다고 해도.

'돈만 내면 끝이야……? 지금도 왜 찾아오질 않는 거냐고.'

"다 지나 버린 일인가 봐. 나만 갇혀 있나 봐."

그게 너무도 억울해서.

오랜만에 만난 상준에게 괜히 투덜거렸다.

"…나 간다."

이제 와서 밀려오는 후회에, 은수는 인상을 찌푸리며 몸을 일으켰다.

"다음에 올 땐 네 형이랑 같이 올게."

"……."

"안 와도 강제로 끌고 올 테니까 기다려."

이렇게 속에 담아두기만 해서는 아무것도 해결되지 않는다는 걸.

누워 있는 상운이 말하는 듯한 느낌이 들어서.

굳은 다짐을 마친 은수가 병실 문을 열어젖힐 때였다.

"매니저님, 저 끝나고 다시 연락드릴게……."

병실 밖에 있는 익숙한 얼굴.

그 얼굴을 마주한 은수는 얼어붙었다.

그렇게 이곳에 오길 바랐지만, 막상 정말 마주할 줄은 몰랐던 얼굴.

"상준이 형……?"

*   *   *

"…뭐야."

갑자기 튀어나온 상준에 은수는 기겁한 얼굴로 한 걸음 뒤로 물러섰다.

하지만, 놀란 건 비단 그뿐만이 아니었다.

상준은 두 눈을 끔뻑이며 조심스레 말을 뱉었다.

"뭐야. 네가 왜 여기 있… 어?"

은수의 시선이 텅 빈 상준의 손으로 향했다.

'그동안 들르지도 않았다고 생각했는데.'

늘 상운이 먹지도 못할 과일 꾸러미를 병문안 선물이라며 병실에 챙겨 들고 오는 은수였다. 그렇기에 늘 텅 비어 있는 병실의 테이블을 보면서 아무도 들르지 않았으리라 확신하고 있었다.

그런데.

"어?"

텅 빈 상준의 손을 확인하니 여간 머리가 복잡해지는 게 아니다.

은수는 말을 더듬으며 물었다.

"여기 오는데……. 아무것도 안 챙겨 왔어?"

"아."

은수의 지적을 상준은 전혀 다른 방향으로 받아들였다.

"아, 맞다."

팬이 선물해 준 학 꾸러미.

올 때 꼭 상운에게 전해주려 했는데, 급하게 오는 바람에 까먹어 버렸다.

상준은 자신의 머리를 쥐어박으며 너털웃음을 터뜨렸다.

"그러게. 학 챙겨 왔어야 하는데. 내가 기억력이……."

아무 생각 없이 말을 뱉어내던 상준은 멈칫하더니 인상을 찌푸렸다.

"근데 네가 그걸 어떻게 알아?"

팬과 나눈 대화까지 들었던 걸까.

팬 미팅 당시에 누군가 찍은 영상이 퍼지지 않았다면야 딱히 은수가 그 일을 알 리가 없는데.

'도영이가 말했나?'

두 눈을 끔뻑이는 상준을 확인한 은수가 당황한 표정으로 말을 던졌다.

"그게 무슨 소리야."

"……."

멍한 상준의 눈길을 본 은수 역시 머릿속이 새하얘진 건 마찬가지였다.

'그럼 난 지금까지 혼자 뭐 한 거지.'

상준이 병실에 찾아오지 않는다는 이유로 혼자서 온갖 심술을 부리고 있었던 은수였다.

'이런 거였다면.'

차라리 처음부터 솔직하게 말하는 편이 나았다.

은수는 얼굴을 붉히며 답답한 표정으로 말을 이었다.

"아니, 병원에 오면 뭐 좀 챙겨서 와, 형."

"학⋯⋯?"

"아까부터 무슨 학 타령이야. 과일도 좀 챙기고, 아니면 무슨 흔적이라도⋯⋯. 아니, 그럼 왜 과일은 안 치워둔 거야?"

사실 은수가 상준의 방문이 없었다고 착각했던 가장 큰 이유는 이거였다.

뻔히 놔두고 간 과일 바구니도 늘 그대로였으니. 항상 가져다놓는 것도, 치우는 것도 은수의 몫이었다.

상준은 그제야 탄성과 함께 기억을 떠올려 냈다.

"아, 그게 너야⋯⋯?"

'뭐지. 들를 사람이 없는데.'

스케줄 때문에 은수만큼 자주 들르지는 못했지만, 들를 때마다 이따금 자리를 지키고 있던 과일 바구니에 상준은 대단한 착각을 하고 있었다.

"장식인 줄 알았는데."

"형 머리가 장식인 건 아닐까⋯⋯?"

방송계를 뒤흔든 떠오르는 신성의 머리에서 나온 해맑은 결론이 저거라니.

은수는 머리를 짚으며 상준을 응시했다.

"……"

상준은 도리어 그런 은수를 의아한 낯빛으로 바라보고 있었다.

"아, 그렇지 않아도 할 말이 있는데. 너, 무슨 일 있어? 요즘 안색이 영 안 좋아 보여서."

이 와중에도 걱정의 말을 쏟아내는 상준에, 은수는 뒤늦게 시선을 피했다.

무슨 말부터 해야 할지 감이 잡히지 않았다.

혼자서 착각한 나머지 허공에 발 차기를 하고 있었으니까.

"그게……. 하."

어차피 꺼낼 말이었으니 미룰 수가 없다.

은수는 담담한 목소리로 조심스레 입을 열었다.

"내가 얼마나 원망했는지 알아?"

은수는 목이 멘 듯 침을 삼켰다. 은수의 시선이 가만히 누워 있는 상운에게로 향했다.

"형이 너무 멀쩡해 보여서."

"……"

"난 아직 힘들어서 이렇게 지내는데, 형은 너무 멀쩡해 보였거든. 여기는 늘 나만 지키고 있고. 형은 단 한 번도 와주질 않는 것 같아서."

"그건……"

"근데 아니네."

은수는 차라리 다행이라는 듯이 피식 웃음을 흘렸다.

"상운이를 그저 짐처럼 느끼는 건 아닌가. 그래서 불안했어."

그제야 이해가 되었다.

'어, 은수야.'

자신이 그렇게 말을 걸었을 때, 굳은 표정으로 스쳐 갔던 것도.

괜히 툴툴대며 시비를 걸어온 것도.

'그 배역이 어울린다고 생각해, 형한테?'

동생의 죽음을 잊지 못해 환자를 살리는 데에만 몰두했던 호진.

그 배역을 상준이 맡을 자격이 있냐고 묻는 거였다.

"그랬구나."

도영과의 갈등 때문에 더 그런 거라고 생각했는데.

제대로 잘못 짚었다는 생각에, 상준은 머쓱한 웃음을 터뜨렸다.

"…말을 하지."

"그러게."

상준의 쓸쓸한 눈길이 상운에게 닿았다.

그 점이 궁금했다면 확실히 단언할 수 있었다.

은수도 마찬가지였겠지만, 상운을 새까맣게 잊어버린 채 잘 살 수 있을 거라는 기대는 하지도 않았다.

"나라고 괜찮겠냐."

기약 없는 연습생 생활 속에서.

둘이 어떤 간절함으로 함께 버텨왔는지 알고 있었다.

그렇기에 저리도 예민하게 받아들인 은수를 충분히 이해할 수 있었다.

"머리로는 아는데. 나도 분명 알았는데. 그게……."

은수는 미안함에 시선을 피하며 고개를 숙이고 있었다.

상준은 괜찮다는 듯 고개를 까닥였다.

"담부턴 그냥 솔직하게 말해."

갑자기 180도로 변해 버린 자신의 태도에 화낼 법도 한데, 상준은 마냥 담담한 얼굴로 서 있었다.

'진짜 똑같네.'

그 모습이 마치 기억 속의 상운과 같아서.

은수는 다시 웃음을 흘렸다.

하지만, 상준이 묻고 싶은 건 따로 있었다.

"도영이는."

꿰뚫어 보는 듯한 상준의 묵직한 한마디에, 은수는 당황한 낯빛이 되었다.

"나한테만 할 말 있는 건 아니잖아."

"……."

"걔한테도 할 말 있을 거 같은데."

악에 받친 도영의 말이 괜히 나오진 않았을 터였다.

어쩌면 상준이 모르는 곳에서부터 꾸준히 무언가가 꼬여왔으리란 확신이 들었다.

'그곳에 데려다줄 수는 있어.'

하지만 푸는 건 둘의 몫이다.

얽히고설킨 매듭을 가만히 지켜볼 수만은 없었다.

"나한테 말하듯이, 말해. 걔한테."

"와."

은수는 머리를 긁적이며 어깨를 으쓱였다.

"과일은 장식인 줄 알면서. 이런 건 또 눈치가 빨라."

"척 보면 척이지. 도영이가 허구한 날 징징대는데."

상준은 테이블 위에 놓여 있는 과일 바구니를 집어 들며 은수의 손에 쥐어주었다.

"어서, 늦기 전에 가봐."

*　　　　*　　　　*

"학… 학이나 챙겨 가야지."

급하게 숙소에서 나온 상준은 다시 병실로 향했다.

은수는 지금쯤 도영이 있는 연습실로 갔을 테니, 알아서들 잘 해결하고 있으리라고 믿었다.

"아으, 그 와중에 학을 까먹냐. 나도 참. 학 전해주고 연습실로 가야겠네."

상운의 병실에 잠깐 들를 시간이 남았다고 해서 여유가 많은 건 아니었다.

'넘쳐흐르는 스케줄.'

오늘이 그나마 나은 편이지 내일부터는 또 고정 스케줄이 쏟아질 예정이다.

'그래도 이렇게 바쁜 게 어디냐.'

아무도 불러주지 않는 무명 아이돌이 아니라는 사실에 감사하면서.

학 상자를 한 아름에 안고서 길을 나설 때였다.

띠리링―.

상준의 주머니에서 휴대전화 벨소리가 울려 퍼졌다.

"어, 무슨······."

―형, 형. 지금 큰일 났어.

수화기 너머로 다급하게 울리는 목소리.

상준은 인상을 찌푸리며 휴대전화를 귀 옆에 갖다 대었다.

어서 와달라는 듯한 유찬의 전화.

이어진 그의 한마디를 들은 상준은, 그 자리에서 얼어붙었다.

―도영이랑 은수 형. 지금 난리 났는데.

*　　　　　*　　　　　*

화해하라고 과일 바구니까지 넘겨주고 왔다만.

"형이 뭘 아는데? 단 한 번이라도 내 입장 생각해 본 적은 있어?"

"······."

"늘 자기 잘난 줄만 알았잖아."

어제 멤버들이 있는 앞에서 악에 받친 목소리로 쏟아내던 말을, 도영은 은수의 앞에서 그대로 뱉어내고 있었다.

'망했네.'

이미 불타오른 분위기를 보니 끼어들기는 글렀다.

상준은 식은땀을 훔치며 유찬의 옆에 조용히 앉았다.

"야, 어떻게 된 거야."

"그냥 갑자기 저래."

"갑자기는 아니지. 마주치면 난리 날 거 같긴 하던데."

선우 역시 심각한 얼굴로 말을 거들었다.

상준도 따라서 걱정이 됐지만, 가만히 놔두는 편이 나았다.

오랜 기간 동안 쌓여온 오해.

어쩌면 저렇게라도 털어놓는 게 나을지도 몰랐다.

살짝 닫힌 문틈으로 도영의 격앙된 목소리가 들려왔다.

"데뷔하기 전에 나 피해 다녔잖아. 데뷔조 들어가고 나서."

도영이 가장 서운했던 이유는 바로 이거였다.

데뷔조에 들어간 이후부터 고의로 자신을 피해 다녔던 은수.

"내가 데뷔하기 전까지, 날 동생으로도 상대 안 해줬잖아."

"……"

크게 투닥거리면서 자라온 것도 아니었다.

아니, 차라리 그 편이 훨씬 나았을 텐데.

은수는 항상 도영을 냉대하기만 했다.

"왜 그랬어?"

도영의 목소리가 미세하게 떨렸다.

"내가 그렇게 형 수준에 안 맞았어?"

"야, 그게 무슨 소리야."

상준은 심각한 얼굴로 둘의 대화를 문틈으로 지켜보고 서 있었다.

'말해. 말하라고.'

허공을 가르는 둘의 대화에 상준이 속으로 중얼대던 사이.

은수가 결심한 듯 조심스레 입을 떼었다.

수없이 털어놓고 싶었지만.

'이 정도일 줄은 몰랐지.'

도영이 크게 티를 안 냈기에, 알 수가 없었다.

하지만.

"미안해서."

은수의 이유는 그 하나뿐이었다.

"얼마나 네가 열심히 한 줄 아니까."

"……."

"미안해서 그랬어."

같이 데뷔했으면 좋았겠지만.

은수는 블랙빈의 최종 데뷔조가 되고, 도영이 안타깝게 떨어졌을 때.

차마 도영의 앞에서 아무렇지 않은 척을 할 수가 없었다.

그게 너무 힘들어서 도망가기만 했다.

'마치 지금처럼.'

상운이 있었다면 다시 말해줬을까.

'충분히 잘하고 있다니까. 왜 자꾸 도망가기만 하는 건데.'

힘든 일이 있을 때마다 마냥 회피하려 했던 은수에게 상운이 건네줬던 말이었다.

하지만, 지금은 상운이 없다.

줄곧 도망쳤던 사실이지만 이제는 인정해야 했다.

'내 몫이야.'

오해를 푸는 것도, 과거의 일을 바로잡는 것도.

이제는 모두 은수의 몫이었다.

은수는 쓸쓸한 미소를 지으며 입을 열었다.

"나만 데뷔한 게 미안해서."

"……."

침묵이 연습실을 감돌았다.

그토록 오랫동안 도영을 괴롭혔던 자격지심이 눈물에 섞여 내려갔다.

'몰랐는데.'

그래서 수도 없이 원망했기에, 이런 이유일 줄은 몰랐다.

"얼추… 된 거 같지?"

둘을 줄곧 지켜보고 있던 상준은 안도의 한숨을 내쉬며 자리에서 일어섰다.

"여기는 해결됐으니까, 난 가본다."

"어딜?"

유찬의 물음에 손에 쥐고 있는 상자를 들어 보이는 상준이다.

"학 전해주러."

＊　　　　　＊　　　　　＊

한바탕 난리가 났는데도 병실은 여전히 평온했다.

"자, 선물. 은수가 흔적 좀 남기래서."

상준은 병실 탁자에 당당하게 조그마한 상자를 올려놓았다.

상운을 진심으로 좋아했던 팬의 정성 어린 선물.

지금은 보지 못한다고 해도 분명 좋아했을 상운이었다.

상준은 미소를 지으며 학이 담긴 상자를 쓸어내렸다.

"아무래도 이 학이 진짜 소원을 들어주나 봐."

색색깔의 아름다운 종이학.

조그맣지만 정교한 모양새에 잠시 시선이 쏠렸던 상준은 말을 이었다.

'일이 한두 개가 아니었지만.'

"다 잘 해결됐거든."

오랫동안 꽁꽁 숨겨두고만 있던 매듭이야, 둘이서 지금쯤 열심히 풀고 있을 터였다. 혹여 배역 다툼 때문에 그랬던 건가 싶었던 은수와의 관계도 잘 해결되었고. 이제 남은 건.

"너만 일어나면 되겠다."

천 마리의 학만큼이나 진심이 담긴 한마디.

상준은 그 한마디를 남기고선 조심스레 병실을 떠났다.

"간다."

쾅.

그리고 상준이 떠나간 자리에.

"……."

종이학 상자 주위로 알 수 없는 오묘한 기운이 맴돌았다.

*   *   *

"야, 차도영! 좋은 말 할 때 내놔라."

"지금 별로 좋은 말 아닌데?"

"내놓으세요."

유찬이 팬들을 위해 열심히 끄적이고 있던 편지를 발견한 도영이 낚아채 갔고, 여느 때처럼 둘이 대판 싸우는 중이었다.

선우는 놀랄 것도 없다는 듯이 차분하게 둘을 진정시켰다.

"자, 그만들 하고."

도영과 은수의 문제도 좋게 마무리되고.

한동안 냉기가 흐르던 탑보이즈도 원래의 모습으로 돌아왔다.

"아아악!"

끝내 유찬에게 잡혀 응징당하는 와중에도, 도영은 다급히 말을 쏟아내고 있었다.

"안녕하세요, 온탑 여러분! 오늘의 날씨는 맑은가요? 야, 지금 밖에 비 오는데?"

"조용히 하라고!"

"아, 여기 써 있네."

"안돼, 그 뒷문장은……."

유찬이 다급하게 막아섰지만 이미 문장을 외워 버린 도영이 신이 난 얼굴로 조잘댔다. 유찬의 진심이 녹아 있는 구구절절한 사연이 이어졌다.

"밖에는 비가 내리지만 여러분이 주시는 사랑으로 제 마음은 언제나 맑음이에요."

"……."

충격적인 멘트에 제현은 들고 있던 막대 사탕을 떨어뜨렸다.

"유찬이 형이 저렇게 감성적이라니."

"내 말이. 나 감동받아서 울 뻔했잖아."

"우리한텐 폭력적인데……. 아악!"

아무 일 없었다는 듯 막대 사탕을 주워서 먹던 제현은 곧바로 이어지는 응징에 고꾸라졌다.

"아악, 다시 떨어졌잖아!"

"버려. 버려."

"3초 안 됐……."

"일, 이, 삼! 버려!"

가만히 지켜보고 있던 선우가 말을 얹는 바람에, 끝내 막대 사탕을 뺏겨 버린 제현이다. 제현은 부들대며 유찬을 노려보았다.

"사줘."

"에이, 어림도 없지."

단호하게 고개를 젓는 유찬에 제현은 살벌한 눈빛으로 그를 쏘아보았다.

"에휴."

상준은 혀를 차며 자연스레 화제를 돌렸다.

"얘기는 잘했지?"

하는 행동을 보니 확실히 잘 풀린 모양이긴 한데, 그때 자리를 뜨는 바람에 마무리는 보질 못했다. 상준의 물음에 도영은 대답 대신 고개를 끄덕였다.

'내가 그렇게 형 수준에 안 맞았어?'

'야, 그게 무슨 소리야.'

은수의 입에서 진심이 나올 때까지, 둘이 나누던 대화를 떠올리니 답답해 죽을 지경이었다. 상준은 어깨를 으쓱이며 말을 던졌다.

"은수 개도 진짜 멋대가리 없어. 처음부터 어정쩡하게 과일 바구니를 들고 갈 게 아니라. 딱!"

"딱 뭐?"

"사과를 꺼냈어야지."

이건 예상 못 했는데.

도영은 충격에 빠진 얼굴로 상준을 바라보았다.

상준은 당당하게 손을 펼치며 사과를 건네는 시늉을 했다.

'설마.'

아니길 바라는 마음으로 도영은 조심스레 물었다.

"그래서?"

"사과할게."

아까까지 투덜대던 제현조차도 고개를 돌리게 하는 신박한 멘트.

상준은 뿌듯한 미소를 지으며 말을 이었다.

"봐, 얼마나 멋있어. 이랬으면 바로 해결되었을……."

"그랬으면 난 진짜 손절 했을 거야."

"그, 그런가."

상준은 이해가 안 간다는 듯이 고개를 갸우뚱했다.

'처음부터 그러라고 준 건데.'

병실에 들어오자마자 보였던 하나의 과일.

새빨갛고 영롱한 자태를 자아내는 사과에 엮인 의미를 모르다니.

상준은 안타깝다는 듯 말을 뱉었다.

"애들이 낭만을 모르네."

"형, 요즘 낭만 다 얼어 죽었나 봐."

"요즘 춥긴 춥지."

거들어줄 줄 알았던 선우마저 냉정하게 시선을 돌린다.

상준은 헛기침과 함께 화제를 돌렸다.

"유이앱이나 켜자, 빨리."

"오케, 오케. 다들 준비하세요."

오랜만의 유이앱 촬영 날이다.

송준희 매니저가 지난번에 뽑아줬던 수많은 리스트 중 하나의 컨셉으로 방송을 진행할 예정이었다.

선우는 휴대전화에서 리스트를 찾아보더니 그중 하나를 골랐다.

"이거 할까?"

"뭔데, 뭔데?"

"미니 게임?"

선우가 아무 생각 없이 집었던 미니 게임.

그중에서도 멤버들의 눈을 사로잡은 건 하나였다.

도영이 눈을 반짝이며 말을 거들었다.

"이거 괜찮은데?"

*　　　　*　　　　*

"와아아아! 안녕하세요, 온탑 여러분!"

유이앱 방송은 여느 때처럼 도영의 오두방정으로 시작되었다.

마이크를 쥔 도영은 미소를 지으며 카메라를 향해 짧게 손을 흔들었다.

"사실 오늘 저희가 간단하게 게임을 해볼 건데."

"오오, 뭔가요?"

"뽕망치 게임이요."

고심 끝에 도영이 골라냈던 게임.

이미 정면의 책상엔 뽕망치와 냄비가 세팅되어 있었다.

상준이 마이크를 받아 능숙한 진행을 이어갔다.

"네, 가위바위보 해서 이긴 사람이 뽕망치로 때리고."

"진 사람이 냄비로 막는 거죠?"

"네, 그렇습니다."

유찬과 주고받는 진행에 이미 댓글창은 불타오르고 있었다.

—꺄아아아아 이거 내가 신청한 건데

—ㄷㅂㄷㅂ

—뭔가 그 와중에 선우 못할 거 같아

—선우야 ㅠㅠㅠㅠ

—몸치 선우…….

몸치 사건의 여파가 아직 남아 있는지, 게임이 시작되기도 전에 사실상 선우가 꼴등을 확정 짓고 있었다. 도영은 깔깔거리며 댓글을 하나씩 읽어나갔다.

"선우 형 질 거 같대요."

"절대 아니야."

"선우 형이 허공에 뽕망치를 내리꽂을 거 같다는데, 어떻게 생각하세요?"

"저도 그렇게 생각해요."

막대 사탕을 물고 있던 제현도 고개를 끄덕였다.

선우는 억울하다는 낯빛으로 우선 해봐야 알지 않겠냐며 받아쳤지만.

"……"

불행히도 아무도 대답해 주질 않았다.

멍해지는 선우의 표정을 바라보며 즐거워하던 도영은 대본을 쓰윽 확인한 뒤 말을 돌렸다.

"사실 게임 시작하기 전에 저희가 꼭 들어야 할 게 하나 있거든요."

"뭐를?"

도영과 상준의 눈빛이 허공에서 교차했다.

멤버들 모두가 알고 있는데, 유찬만 영문을 모르겠다는 표정이다.

상준은 담담한 목소리로 유찬을 힐끗 돌아보았다.

"유찬 씨가 편지를 준비했다고."

"…야."

멘트는 상준이 쳤는데, 유찬의 살벌한 눈길은 도영을 향한다.

도영은 어깨를 으쓱이며 상준의 말을 이었다.

"와, 그랬구나. 전 대본에 써 있는 대로 읽었는데, 편지일 줄은 몰랐어요."

마치 교과서를 읽는 듯한 도영의 어색한 연기에 선우는 웃음을 터뜨렸다.

—뭔데 뭔데

—편지 ㅠㅠㅠㅠ 어서 읽어줘

—기대된다

—와아아아아아

—유찬이가 편지도 준비한 거야?

이제 와서 물리고 싶어도 팬들의 반응 때문에 어찌할 수가 없다.

유찬은 붉어진 얼굴로 천천히 입을 뗐다.

'숙소에서 보자.'

도영에게 복수를 다짐하며, 유찬은 더듬더듬 편지를 읽어나갔다.

문제는 지나치게 긴장해 버렸다는 것.

"안, 안녕하세요. 온탑 여러분. 오늘의 날씨는 맑네요. 아니, 비 오네요. 아니, 맑⋯⋯."

"뭐라는 거야! 하나만 해!"

—오류가 난 기상청 아니냐ㅋㅋㅋㅋㅋㅋㅋ

—뭐라는 거야 진짜ㅋㅋㅋㅋ

—유찬아ㅠㅠㅠㅠㅠㅠ

—그냥 하지 마⋯⋯.

'아, 진짜 멋진 대사였는데.'

유찬의 붉어진 얼굴은 부풀다 못해 금방이라도 터져 버릴 것 같았다.

도영은 이미 배를 잡고선 앞으로 고꾸라져 있었다.

유찬은 다급히 난리가 난 멘트를 수습했다.

"그, 다시 할게요."

"아니야, 유찬아. 그냥 까마귀 소리 내는 걸로 끝내자."

"까악……?"

—돌았나 봐 ㅋㅋㅋㅋㅋㅋㅋㅋ
—ㅋㅋㅋㅋㅋㅋㅋㅋ이게 뭔데
—너무 고차원 편지라서 이해하지 못했어…….

웃음소리로 잔뜩 도배된 채팅창.

상준은 손사래를 치며 유찬의 앞을 가로막았다.

"그, 그냥 저희 하던 거나 마저 합시다."

"유찬이를 보호하기 위한 뿅망치 게임."

"…아."

이미 유찬은 세상을 잃은 표정으로 멍하니 앉아 있었다.

상준은 정신없이 웃으며 손사래를 쳤다.

"아, 정신없네요, 진짜. 마저 들어갑시다."

"크흠, 그게 좋을 것 같네요."

어차피 수습하기엔 그른 상황.

얼굴이 붉어진 유찬이 적극적으로 촬영에 끼어든 덕에, 다행히 화제는 돌려졌다.

"후우, 누가 먼저 하실래요?"

"이건 또 제가 아주 잘합니다."

떠들썩한 분위기를 진정시키고 나선 건 선우였다.

별거 없는 뿅망치 게임이라고 해도 이것 역시 나름 운동신경을 요하는 게임이다. 선우의 근거 없는 자신감 앞에 멤버들이 웃음을 터뜨렸다.

"음."

원래대로라면 지난 운동회 때 대여했던 재능.

「운동신경의 천재」를 대여할 계획이었지만, 마음이 바뀌었다.

"선우는 그냥 이길 수 있을 거 같아."

"와, 너무하네."

상준이 이렇게 나오니 승부욕이 불타오른다.

선우는 옷소매를 걷어 올리며 뿅망치가 올려져 있는 책상을 내려다보았다.

그 순간, 승부욕에 불을 붙일 도영의 말이 이어졌다.

"아, 추가로. 우승자에게는! 실장님 카드 찬스! 무려 실장님이 간식을 사주신다고 합니다."

"와, 막대 사탕."

조승현 실장은 전혀 듣지 못했을 소리였지만, 멤버들의 의욕을 최상으로 끌어올리기엔 충분했다.

"간다."

상준은 열의에 가득 찬 눈빛으로 손을 내밀었다.

"가위, 바위, 보!"

그때까지만 해도 몰랐다.

도영의 한마디가 얼마나 위험한 결과를 불러올지.

*　　　　*　　　　*

"어흑."

가위를 낸 상준과 보를 낸 선우.

충돌Ⅱ　65

둔하게 뿅망치를 맞을 줄 알았던 선우가 필사적으로 상준의
공격을 막았다.

"와, 뭐야."

―내가 뭘 본 거지?
―선우가 해냈어요!!!!
―막았네 ㄷㄷㄷㄷㄷ

상준은 사뭇 당황한 표정으로 선우를 바라보았다.
당연히 이길 줄 알았는데 의외로 민첩한 동작이다.
'이대로 질 수도 있겠는데.'
딴건 몰라도 간식이 눈앞에 아른거린다.
차기 앨범 준비 때문에라도 식단 조절을 하고 있는 상황인데,
눈앞에 있는 간식 하나라도 놓칠 리가 없었다.
촬영장에서 도영이 건넸던 소시지.
'아, 진짜 맛있었는데.'
오랜만에 먹었던 소시지의 감칠맛은 입안에 절로 침이 고이게 했다.
그 외에도 머릿속에 떠오르는 각종 간식들.
손에 꼽히는 간식들만 생각해도 한층 결심이 섰다.
'무조건 이긴다.'
상준은 고개를 까닥이며 비장한 얼굴로 말을 던졌다.
"후우, 다시 가자."
"가위, 바위, 보……!"
이번에도 가위바위보를 이긴 상준이 민첩하게 뿅망치를 집었

다. 그와 비슷한 속도로 냄비를 든 선우.

마치 중요한 무대를 앞둔 안무 연습 때처럼 누구보다 필사적인 동작.

'박빙인가.'

막고 때리기만 하면 되는 간단한 게임인데.

퍽. 퍼벅.

지나친 열의 때문이었을까.

"악… 악! 아악!"

─ㅋㅋㅋㅋㅋㅋㅋㅋㅋㅋㅋㅋㅋㅋㅋㅋㅋㅋ

─애들아 막아…….

─선우를 살려주세요ㅋㅋㅋㅋㅋㅋㅋ

다급히 상준을 막아서는 도영과 숨이 넘어갈 듯 웃어대며 고꾸라진 유찬. 냄비를 간신히 쥔 선우가 억울하다는 낯빛으로 고개를 들었다.

"막… 막았는데 왜 때려!"

"…미안하다."

다급하게 뿅망치만 휘두른 탓에 제대로 보질 못했다.

상준은 흔들리는 동공으로 머리를 긁적였다.

도영은 건수를 잡았다는 듯이 웃어대며 말을 얹었다.

"죄송한데, 이거 냄비로 막는 게임이지. 냄비를 부수는 게임이 아니에요."

"아."

"저, 저기요?"

제현은 황당하다는 얼굴로 다시 막대 사탕을 떨구었다.

"크흠."

이미 정신없이 웃어대는 댓글창에 상준의 얼굴이 붉어졌다.
과한 열정이 불러온 참사다.

이미 뒤집어진 촬영장 위로.

"간식이 뭐라고! 간식이 뭐라고오!"

억울하다는 듯한 선우의 목소리만이 애타게 울려 퍼졌다.

제2장

재도전

"네, 지금까지 아무 일도 없었는데요."

상준은 손으로 부채질을 하며 분위기를 식혔다.

엎어져서 한동안 웃어대던 선우 역시 간신히 몸을 일으켰다.

"그, 앞으로 쉬운 게임만 합시다."

"그게 나을 것 같네요."

상준의 다급한 마무리에 유찬도 동조했다.

"자, 그러면."

유이앱은 팬들과의 실시간 소통 방송이다.

다소 격하게 끝난 첫 번째 이벤트 앞에서 열광하는 팬들의 댓글을 읽어나가던 도영이 물었다.

"아, 상준이 형."

"네?"

화제를 돌린 팬들이 가장 많이 궁금해하는 것은, 단연 상준의 새 드라마였다.

첫 공식 드라마이니만큼, 팬들의 기대가 쏟아지고 있었다.

"의학 드라마 맞냐고 물어보시는데."

"네, 맞아요."

상준이 미소를 지으며 고개를 끄덕이자, 팬들의 댓글이 쏟아졌다.

—의학 공부는 했어???

—대사 좀 해줘ㅠㅠㅠㅠㅠ

—살짝만! 미리보기!

—영어 잘해???

—헉. 의사 가운 볼 수 있는 건가 ㄷㅂㄷㅂ

그중에서도 상준의 시선을 가장 사로잡은 댓글.

"공부… 해야 하나요?"

—당연하지

—그거 다 외워야 함

—의학용어들! 그게 간진데!!!

—수술하는 씬 나오잖아 ㅠㅠㅠ

—헐. 벌써 멋있음 ㄷㄷㄷㄷ

이때다 싶었는지 열심히 놀려대는 팬들이다.

―그거 안 외우면 큰일 나요.

―맞아요. 그거 어떤 수술인지도 이해해야 한댔어요.

팬들의 조언에 상준의 안색이 창백해지기 시작했다.

각종 용어 발음이 까다로운 것쯤이야 상준도 알고 있었지만, 어떤 수술인지까지 익혀야 한다니.

"할 수 있어요."

"이야, 형 할 수 있어?"

도영이 놀란 눈을 뜨며 상준에게 말을 던졌다.

도영이 아는 상준은 모든 걸 잘했다.

춤, 노래, 그리고 연기. 그 외에 보는 사람들을 하여금 미소 짓게 하는 언변술까지.

그런 상준이 하나 갖추지 못한 게 있다면.

'공부.'

"형… 영어 못하잖아."

"아니에요."

상준은 다급히 손사래를 쳤다.

글로벌 아이돌이 되기 위해 꼭 필요한 외국어 실력.

영어뿐만 아니라 일본어, 중국어까지 제2외국어들을 익히고 있는 아이돌들도 많았다.

실제로 이 앱을 시청하고 있는 팬들 중에 외국인도 꽤나 보였고.

"크흠."

상준은 헛기침을 하며 허공에 손을 흔들었다.

'재능이라도 미리 대여해 두었으면 좋았으련만.'

해외 스케줄도 없는 지금, 필요 없다고 판단했던 상준이었다.

당장 리스트에 올려두지 않은 걸 뒤늦게 후회하며 상준은 멋쩍은 미소를 지었다.

그런 그의 입에서 튀어나온 고급스러운 한마디.

"아임 파인 땡큐. 앤 유?"

"……."

찰나의 정적이 지나고, 도영이 박수를 치며 자리에서 일어났다.

"와, 원어민 발음!"

"그쵸, 그쵸?"

"…파인애플 먹고 싶다."

그걸 또 해맑게 받아치는 상준과, 멍하니 덧붙이는 제현까지.

그야말로 환상의 조화가 따로 없다.

―상준아!!! 그거 아냐!!!!

―ㅠㅠㅠㅠ불안해 얘드라…….

―공부하자 어서

―빨리빨리 ㄱㄱㄱ

"아."

어서 공부하라는 팬들의 아우성에 잠시 망설이던 상준은 두 눈을 반짝였다.

'영어는 못하지만.'

이번 연기를 위해 상준이 준비해 둔 비장의 카드는 하나 있다.

"에이, 여러분. 너무 걱정하지 마세요."

상준은 씨익 미소를 지으며 허공에서 책 한 권을 꺼내 들었다.

'연기 재능은 대강 있고. 또 필요한 게 없으려나.'

연기 재능의 고급편까지 대여한 후 연기 실력에 날개를 달았던 상준이다.

의학과 관련된 서적은 아무리 뒤져도 찾아볼 수 없었고, 영어 재능까진 미처 생각하지 못했던 상준.

그런 상준이 놓치지 않고 집어 든 재능이 하나 있었다.

「바느질의 장인」.

"기대하셔도 좋습니다."

*　　　*　　　*

"와."

"무슨 일인데?"

"저기 난리 났는데?"

드라마 촬영 현장, 웅성대던 스태프들의 시선이 한곳으로 쏠렸다.

촬영에 사용되는 실.

그 실로 빠르게 매듭을 짓는 손놀림에 여기저기서 탄성이 튀어나왔다.

"이런 식으로 하는 건가."

땀을 흘려가며 조그만 매듭을 속전속결로 지어내는 상준은, 실제 의사라고 해도 믿을 법한 손놀림을 보여주고 있었다.

"뭐 하는 중이야?"

멍하니 상준을 지켜보고 서 있던 은수가 놀란 눈으로 다가섰다.

"연습."

"이걸로?"

침대 시트 위에서 열심히 실을 꼬매고 있으니 보기엔 좀 어정쩡하다.

하지만, 이만한 연습 방법이 없었다.

"이따 첫 수술 씬이잖아. 미리 체크해 보는 거야, 동작."

팬들의 말엔 장난 섞인 조언들도 있었지만, 꼭 필요한 조언들도 분명 존재했다.

"어으, 은근 어렵네."

「바느질의 장인」.

한 땀 한 땀 수를 놓는 바느질과는 다소 다른 느낌이긴 하지만, 재능은 상준의 눈에도 완벽하게 작용했다.

"너는 대강 연습 좀 했어?"

"으음."

"은수야, 은수야……?"

열의가 넘치는 상준의 눈길에 은수는 조용히 시선을 피했다.

'무서워.'

상준의 역에 비하면 수술을 주도하는 장면이 적기에 꼭 필요한 연습은 아니었다. 하지만, 저 꿰뚫어 보는 듯한 눈빛을 보니 왠지 자리를 피해야 할 것 같다.

"크흠. 곧 촬영 시작하나 보다."

자연스레 말을 돌린 은수의 말이 끝나기 무섭게, 감독이 상준을 부르기 시작했다.

"자, 시작합니다!"

슬레이트를 치는 익숙한 소리.

처음에는 분주한 촬영장이 낯설어서 헤맸던 상준이지만, 이제는 제법 카메라의 위치를 확인할 줄도 안다.

「기적의 포토그래퍼」.

현재 그 재능을 대여한 상태는 아니지만, 뮤비의 임시 감독까지 맡은 건 큰 경험으로 돌아왔다.

'저쪽에 카메라. 이쪽에 조명.'

굳이 안내해 주지 않아도 알아서 자리를 잡는 상준에, 스태프들이 흐뭇한 미소를 지어 보였다.

곧바로 이어지는 촬영.

상준은 침을 삼키며 정면으로 고개를 들었다.

'충분히 준비했어.'

사실 「바느질의 장인」, 이 재능 하나만 믿고 이 자리에 선 건 아니었다.

―의학 공부는 했어???
―그거 다 외워야 함
―의학용어들! 그게 간진데!!!

팬들의 아우성에 어제 밤새 의학 서적을 뒤져본 상준이었다.

절대 안 할 줄 알았던 공부를 하고 있는 상준의 모습에, 숙소가 벌컥 뒤집어졌었다.

'형…… 아파?'

제현이는 심각한 얼굴로 다가와 이마까지 짚었다.

제현의 걱정 어린 배려 덕에 막대 사탕 하나도 얻어먹긴 했지만.

도영의 반응은 한층 더했다.

'상준이 형, 드디어 새로운 꿈을 찾았구나!'

'어……?'

'상준이 형 의대 간대요! 매니저님!'

급기야 부업이 하나 늘어날 뻔했다.

동네방네 떠벌리고 다니던 도영의 멘트들을 떠올리며, 상준은 옷소매로 식은땀을 훔쳤다.

'어쨌든 준비는 끝났으니.'

이제 보여줄 시간이다.

상준은 수술복을 챙겨 입은 채 비장한 얼굴로 사람 형체의 인형을 내려다보았다.

지금 이 순간만큼은 호진이 되어버린 상준.

"수술, 시작하죠."

호진이 라텍스 장갑을 끼자마자 원상의 눈이 반짝이기 시작한다.

"잘할 수는 있고?"

호진의 자존심을 건드리는 한마디.

상준은 피식 웃음을 흘리며 고개를 끄덕였다.

카메라는 쉴 새 없이 둘 사이에서 흐르는 긴장감을 잡아내고 있었다.

'시작한다.'

어차피 인형을 놓고 하는 수술인데도 상준의 예상보다 훨씬 실감이 난다.

"후우."

아까 대기실에서 수도 없이 연습하던 손놀림을 보여줄 차례다.

상준은 고개를 까닥이며 나직이 말을 뱉었다.

"아올틱 다이섹션(Aortic dissection) 환자인가 보죠?"

본인이 내뱉고도 잔뜩 심취한 표정.

「무대의 포커페이스」가 아니었다면, 지금쯤 실실 웃고 있었을지도 모른다.

'하, 나 너무 멋있는데?'

역시 팬의 조언은 완벽했다.

평상시의 상준이라고는 믿기지 않을 법한 완벽한 발음.

이 발음을 연습하기 위해 어제 밤새 말을 굴렸다.

'이다음에는.'

암기 재능으로 밤새 영어 사전을 찾아가며 의학 서적을 파고 있었던 건 큰 도움이 되었다.

실제로 이어져야 할 수술 방법이 상준의 머릿속에 떠올랐으니까.

어제 읽은 서적의 324p.

그 안에 있던 내용들을 선명하게 되새기는 동안, 황민철의 여유로운 대사가 이어졌다.

"많이 해봤나 보지?"

"……."

"손이 빠른데."

호진이 원상의 제안을 거절한 이후, 줄곧 그를 떠보는 원상이다.

상준은 이를 악문 채 그의 말을 받아쳤다.

"수술 중입니다."

대동맥박리 환자라면, 대동맥이 끊긴 자리에 인조혈관을 밀어넣은 뒤 봉합하면 된다.

필요 이상으로 자세히 알아본 상준의 시선엔 뒤에 이어질 간단한 처치까지도 완벽히 그려졌지만, 여기서 가장 중요한 건 퍼포먼스다.

「바느질의 장인」.

이제는 이 재능이 빛을 볼 차례.

수술에 완전히 몰입한 호진처럼 상준의 눈빛도 열의로 가득 찼다.

"컷."

"컷."

"컷."

'뭐지?'

앞에서 상준의 연기를 지켜보던 황민철은 잠시 인상을 찌푸렸다.

예상보다 훨씬 수준급인 호진의 수술 실력을 보고 내심 놀라는 장면인데.

'저 속도가 가능하다고?'

황민철은 진심으로 놀라고 있었다.

그 역시 완벽한 촬영을 위해 수도 없이 연습했지만, 상준의 손놀림은 차원이 달랐다.

순식간에 혈관을 묶어내는 손놀림.

시야를 가리는 빨간 액체를 보고도 호진은 당황하지 않고 수술을 이어간다.

"석션(Suction)."

'몰입감.'

이건 단순히 연기만으로 만들어낼 수 있는 분위기가 아니다.

배역을 완전히 이해하고 그 속에 녹아든 상준만이 자아낼 수 있는 분위기.

의학 드라마라는 특수성 때문에 알아야 할 지식까지도 모두 갖춘 기분이다.

'뭐지, 이 신인은.'

지난번 연기 때도 충분히 자신을 놀라게 했지만 이번엔 더했다.

전문가를 모셔 온 듯한 이질적인 장면 앞에서 황민철은 저도 모르게 웃음을 흘렸다.

"수술 끝났습니다."

마지막 대사까지 외친 뒤 봉합이 끝난 상준이 고개를 들었을 때.

감독은 격앙된 목소리로 오케이 싸인을 외쳤다.

"컷! 오케이!"

"와."

발음 하나라도 실수할까 봐 여간 긴장하고 있었던 게 아니다.

상준은 단번에 탁 풀어지며 한 걸음 뒤로 물러섰다.

"다들 고생하셨습니다."

상준의 한마디에 이어지는 뜨거운 반응.

"대박인데?"

"연습 엄청 했나 본데."

아까 대기실 밖에서 보던 손놀림보다도 배로 수준급이었던 연기다.

감독은 상기된 목소리로 상준을 불러 세웠다.

"연습한 거야?"

"네, 그렇습니다."

상준의 힘찬 대답에 감독의 표정이 밝아졌다.

'역시 제대로 봤군.'

심사를 위해서 대본을 통으로 외워 왔던 괴물 신인.

그 노력이 괜한 데서 나오는 게 아니다.

감독은 흐뭇한 미소로 상준의 어깨를 치고선 말을 뱉었다.

"오늘 촬영은 여기까지 하겠습니다!"

우렁찬 목소리와 함께 멀어지는 감독이다.

"대박이더라."

그 틈으로, 불쑥 은수가 끼어들었다.

은수의 한마디에 상준의 입꼬리가 바로 올라가기 시작했다.

"크흠."

본인이 생각해도 완벽한 연기.

그중에서도 가장 상준이 만족했던 건.

'기가 막히는 발음.'

멍하니 자신을 바라보는 은수의 눈길에, 상준은 알겠다는 듯 격하게 고개를 끄덕였다.

"알아, 형 멋있는 거."

"……."

방금 전까진 분명 칭찬해 주러 오긴 했다만.

은수는 예상 밖의 멘트에 두 눈을 끔뻑였다.

그러거나 말거나, 상준은 이미 자아도취에 빠져 걸어가고 있었다.

"하, 너무 지적인데."

멀어져 가는 상준의 뒷모습을 물끄러미 바라보던 은수는 머리를 긁적였다.

"아?"

난생처음 맛보는 스스로의 지적인 면모에 상준은 거듭 감탄하고 있었지만.

그런 사정을 알 리 없는 은수로서는 의아하기만 했다.

"도영이랑 같이 다니더니만……."

은수는 혀를 차며 말을 뱉었다.

"좀 이상해진 거 같은데, 저 형."

　　　　*　　　　　*　　　　　*

―와, 이건 진짜 대박이다

└ㄴㅈㅇㅈ

└벌써부터 기대됨

└뭔가 대박 날 거 같지 않냐?

└첫방 시청률 15프로 조심스레 예상해 봄

└에이 말도 안 되지

└ㅋㅋㅋㅋㅋㅋㅋㅋㅋㅋ이건 좀

―손이 안 보이는데요……?

└너무 빠르자너!!!

└메이킹필름부터 기대감을 주는 드라마는… 네가 처음이야!

└주접 봐 ㅋㅋㅋㅋㅋ

┗근데 진짜 빠르지 않냐

┗ㅇㅈ CG인 줄

─우리 애들 컴백도 응원해 주세요!

┗탑보이즈 파이팅!!

┗드라마 대박 나라~~

드라마 본방송 전에 올라온 메이킹필름.

촬영 전에 연습하던 상준의 봉합 실력이 필름에 담긴 뒤로 벌써부터 기대하는 댓글들이 쏟아지고 있었다.

"형, 이거 봐봐."

도영은 뿌듯한 미소를 지으며 상준을 툭툭 쳤다.

"반응 겁나 좋은데. 크으, 이러다가 대박 나는 거 아냐?"

"에이."

상준은 피식 웃으며 손사래를 쳤다.

황민철의 네임이 워낙 큰 탓에 메이킹필름만으로도 화제성을 불러오고 있는 드라마다. 하지만, 마냥 긍정적으로 생각할 수만은 없었다.

'시간대가 좋은 건 아니니까.'

송준희 매니저는 살짝 걱정스럽다는 듯 잠자코 앉아 있었다.

항상 들떠 있는 멤버들과는 달리, 송준희 매니저는 늘 신중했다.

'괜히 상처받아서 좋을 건 없지.'

기대가 크면 실망감도 크다.

그렇기에 송준희 매니저는 멤버들보다 한결 조심스레 상황을 파악했다.

실제로 현실을 일깨워 주는 댓글들도 많았으니까.

—시청률 15프로 같은 소리 하고 있네 ㅋㅋㅋ 단체로 팬들 몰려
왔냐
└ㅇㅈ 저 듣보잡 뭐임? 솔직히 황민철 빼고 다 모르겠는데;;
└니들이 모르는 거겠지ㅋㅋㅋ 남들은 다 알아
—이게 이은영 작가 걸 이긴다고? 어림도 없지 ㅋㅋㅋㅋ
└시간대를 왜 저렇게 잡았냐
└솔직히 공중파는 못 이기지
└ㅇㅈㅇㅈ

로맨스 드라마의 대가라고 불리는 이은영 작가의 신작과 시간대
가 겹치는 데다가, 케이블이라는 악조건도 결코 무시할 수가 없다.
게다가 호평을 받고 꾸준히 10프로대를 유지하고 있는 KBC의
스릴러 드라마까지.
'확실히 시간대는 잘못 걸리긴 했지.'
송준희 매니저는 잔뜩 들떠 있는 상준을 돌아보며 넌지시 말
을 던졌다.
'그래도 안 해볼 수는 없으니까.'
조승현 실장이 잡아 온 스케줄.
연예인들이 드라마, 예능, 영화 홍보차 가장 먼저 들르는 연예
가 프로다.
"황민철 씨랑 경민지 씨, 은수, 너까지. 넷이서 나가기로 잡아놨어."
"홍보하러 나가면 되는 거죠?"

상준이 두 눈을 반짝이며 물었다.

"그래."

송준희 매니저는 스케줄표를 내밀며 웃어 보였다.

남들이 무시하는 말을 건네든 말든 상관없다.

우리는 우리가 할 수 있는 일에 충실하면 되니까.

이렇게 된 이상.

"가서 제대로 알리고 와."

*　　　　*　　　　*

찰칵찰칵.

쉴 새 없는 셔터 소리에, 상준은 긴장한 기색으로 자리를 고쳐 앉았다. 슬레이트 소리가 울려 퍼지자마자, 리포터가 마이크를 잡으며 호들갑을 떨었다.

"자, 여러분! 오늘은 가만히 있어도 간지가 흐르는 의사, 아니, 배우 네 분과 함께 왔는데요."

"안녕하세요!"

"네, 한 분씩 자기소개 해주시죠."

리포터의 물 흐르는 듯한 진행에, 황민철이 마이크를 잡았다. 황민철, 경민지, 차은수까지.

모두 차분하게 자기소개를 마친 다음, 마이크가 상준에게 넘어왔다.

상준은 긴장하던 손을 모으고 차분히 자신을 소개했다.

"안녕하세요, 탑보이즈의 나상준입니다!"

대배우 황민철, 블랙빈의 리더 차은수, 그리고 오랜 무명 기간 끝에 떠오른 배우 경민지까지. 이들 중에선 단연 인지도가 밀린다고 생각했던 상준이다.

그런데, 의외로 첫 번째 질문은 상준을 향했다.

"상준 씨, 드라마 촬영은 거의 처음일 텐데 힘든 점은 없었나요?"

이런 종류의 질문들이라면 대답이 정해져 있다.

신인답게 밝은 얼굴로 상준은 자연스러운 말을 꺼냈다.

"워낙 좋은 배우분들이 함께해 주셔서 따로 힘든 점은 없었습니다."

"메이킹필름 보니까 영어도 엄청 잘하던데."

"아."

상준의 수술 씬이 미리 살짝 공개되면서 온탑들도 놀랍다는 반응이었다.

'아임 파인 땡큐. 앤 유?'

'......'

해맑게 파인애플을 찾던 상준답지 않은 고급스러운 발음.

수술 장면뿐만 아니라 근사한 발음도 이미 화제가 되고 있었다.

상준은 뿌듯한 미소를 지으며 고개를 힘차게 끄덕였다.

"보여 드릴까요?"

"오오, 저 자신감! 수술 씬 대사 하나 보여주시죠!"

리포터도 덩달아 들뜬 표정으로 상준을 재촉했다.

'되게 좋아하네.'

은수는 그런 상준을 보며 속으로 피식 웃었다.

딴거엔 늘 담담하다가 의외로 저런 면에선 티가 나게 뿌듯해하는 상준이다.

은수는 박수를 치며 분위기를 한층 띄워 올렸다.

"과연……!"

은수 덕에 용기를 얻은 상준이 고개를 치켜들며 드라마 속 대사를 뱉었다.

허공을 비장하게 바라보는 상준의 눈빛과 이어지는 묵직한 대사.

"…메스."

"더 해봐, 더 해봐!"

곧바로 부추기는 은수의 멘트에, 상준은 한층 격앙된 얼굴로 다음 대사를 뱉었다. 얼마 전 수술 씬에서 황민철 앞에서 뱉었던 대사.

"아올틱 다이섹션 환자인가 보죠?"

"이야, 멋있어!"

그걸 뿌듯하게 내뱉는 상준이나, 옆에서 열심히 띄워주는 은수나. 황민철은 재밌다는 듯이 너털웃음을 터뜨렸다.

"진짜 잘하긴 하더라고요."

"헉, 감사합니다."

연습에 연습을 거듭한 고급진 발음은 황민철도 인정하는 바였다.

황민철의 칭찬까지 더해지자 상준은 평상시답지 않게 상기된 얼굴이 되었다.

'이런 거에 약하구나.'

은수는 깔깔대며 박수를 쳤다.

그쯤에서 끝났으면 좋았으련만.

'반응 괜찮을 거 같은데.'

지적인 아이돌의 이미지.

메디컬 드라마이니만큼, 화제성을 모으기도 나쁘지 않다.

리포터 역시 신이 난 얼굴로 말을 이었다.

"그러면, 영어 회화도 가능합니까?"

"물론이죠!"

"아……?"

적어도 은수가 아는 한 아니긴 한데.

은수는 속으로 상준을 말려야 하나 고민했지만, 상준은 한없이 당당한 표정이었다.

'하지 마. 하지 마.'

지난번 유이앱을 가까이서 지켜봤던 송준희 매니저다.

리포터의 말을 들은 송준희 매니저가 다급히 머리 위로 엑스자를 그렸지만, 유감스럽게도 상준의 시선엔 닿지 못했다.

"크흠."

"보여주시죠. 기대되는데요?"

이렇게 몰고 가니 안 할 수도 없다.

상준은 미소를 지으며 빠르게 머리를 굴렸다.

'지난번엔 반응이 그다지 좋진 않았는데.'

그때 상준이 날린 대사가 '아임 파인'이었다면, 이번에는 전략적으로 대사를 바꾸어보는 것도 나쁘지 않았다. 최대한 유창함을 살릴 수 있는 대사.

고민 끝에 상준은 조심스레 입을 열었다.

"하이."

"오, 하이!"

카메라를 바라보며 능숙하게 손을 흔드는 상준의 제스처에, 은수는 다급히 눈을 가렸다.

'뭔가 불길한데.'

사실 지난번에 말한 거 외에 상준의 머릿속에 떠오르는 대사는 하나밖에 없었다. 남은 건, 그 대사를 최대한 고급지게 말하는 것일 뿐.

상준은 어디선가 들은 말을 떠올렸다.

'영어는 자신감이다.'

그렇다. 자신감만 있다면 반은 먹고 들어갈 수 있는 법.

상준은 자신감에 가득 찬 얼굴로 당당하게 말을 뱉었다.

"나이스 투 밋 유."

"……."

"예에, 땡스."

지나치게 고급진 나머지, 촬영장을 굳어버리게 만드는 발음.

리포터는 두 눈을 끔뻑이며 상준에게 물었다.

"아."

"네?"

"끝난 거예요?"

시청자들과 눈 맞춤까지 하며 반가움을 나타냈으니 이쯤이면 충분한 게 아닌가. 판단을 마친 상준은 격하게 고개를 끄덕였다.

"네."

*　　　　*　　　　*

—나이스ㅋㅋㅋ투 밋유ㅋㅋㅋㅋ

ㄴ예에 땡스 ㅋㅋㅋㅋㅋㅋ

ㄴ그 와중에 진지함

ㄴ본인은 잘했다고 생각하는 듯

ㄴ아 뻘하게 터졌네 ㅋㅋㅋㅋㅋ

—얘들아 그냥 하고 싶은 거 다 해ㅠㅠ

ㄴ영어 빼고

ㄴ22

ㄴ영어는 제발 빼자

—야, 너두. 영어, 할 수 없어

ㄴㅋㅋㅋㅋㅋㅋㅋ너무했다

ㄴ너두?

ㄴ야, 나두

—차라리 유이앱에서 했던 거 보여주지

ㄴ그래……. 아임 파인이 나았어

ㄴ발음… 은 그렇게 굴리는 게 아니야 ㅠㅠㅠㅠ

"크흠, 다음 댓글입니다."

"아아악, 제발."

연예가 프로 방송이 나온 이후, 멤버들은 단체로 신이 나 있었다.

배고픈 하이에나들에게 먹잇감을 던져준 꼴이다.

"후우."

도영은 방송 이후 쏟아진 댓글들을 친절히 읽어주었다.

"와, 이 댓글 대박인데."

상준은 귀를 틀어막으며 무릎에 얼굴을 파묻었다.

그럼에도 도영의 목소리는 선명하게 들려왔지만.

"그룹명은 영어인데 왜 애들은 영어를 못하나요."

"……."

"난 잘해!"

"나도!"

도영의 한마디에 유찬이 적극 부정하고 나섰다.

제현 역시 고개를 끄덕이며 손을 흔들었다.

딴 사람은 몰라도 제현은 아니리라 생각했는지, 유찬이 혀를 차며 말을 뱉었다.

"에이, 제현아. 너는 아니지."

"뭐래."

"네가 미국 수도는 알아?"

"당연하지. 누굴 바보로 알아?"

제현은 조소를 머금은 채 막대 사탕 껍질을 물어뜯었다.

예상 밖의 당당한 표정으로 제현은 말을 뱉었다.

"뉴욕이잖아."

"오, 아네?"

거기다 대고 감탄하는 유찬까지.

가만히 듣고 있던 송준희 매니저는 머리를 짚으며 중얼거렸다.

"얘들아, 그거 아냐……."

안타깝게도 그의 진심이 멤버들에게 전해질 리 없다.

상준은 붉어진 얼굴로 긁적이며 고개를 들었다.

"뉴욕 아니잖아."

"형이 그러니까 영어를 못하는 거야."

"…그래?"

괜히 맞는 말을 했다가 구박받은 상준은 다시 고개를 숙였다.

노래에 춤에, 연기까지. 못하는 게 하나도 없던 상준의 허점을 잡아낸 멤버들은 이대로 놀림을 멈출 생각이 없어 보였다.

"내가 운동할 시간에 상준이는 공부를 해야겠네."

"…너까지."

선우조차 생글거리며 말을 얹던 순간, 송준희 매니지도 피식 웃으며 덧붙였다.

"드라마를 알리고 오랬더니 영어 실력을 알리고 왔구만."

"와, 매니저님마저. 너무한 거 아녜요?"

"크흠."

송준희 매니저는 헛기침을 하며 시선을 피했다.

"후, 혼자 있고 싶습니다."

"엉, 잘 가!"

상준은 지끈거리는 머리를 짚으며 벌떡 일어섰다.

잠시 바람 쐬러 복도에 나갔다 오겠다는 상준을 굳이 말리지는 않는 멤버들이다. 오히려 돌아오면 마저 놀리겠다는 의지가 굳건한 눈빛들.

'무서운 것들……'

상준은 중얼거리며 터덜터덜 발걸음을 옮겼다.

"꽤 춥네."

어느덧 쌀쌀해진 날씨에, 상준은 오들거리며 창가로 다가섰다.

착잡한 상준의 심정과는 다르게 하늘은 마냥 푸르렀다.

상준은 한숨과 함께 작게 투덜댔다.

"다시 영어 하나 봐라."

프로그램에서 시켜도 절대 하지 않겠다는 의지를 다지며, 상준은 창문을 닫으려 손을 뻗었다. 활짝 열려 있는 복도 창문에서 꽤 쌀쌀한 바람이 거듭 들어오고 있었기 때문이었다.

그런데.

"이건 뭐지?"

창틈에 놓여 있는 조그마한 종이학.

샛노란 학에 상준은 의아한 낯빛으로 그것을 집어 들었다.

"학이 왜 여기 있… 냐."

JS 엔터의 연습생 하나가 데뷔를 기원하며 하나하나 꼬깃꼬깃 접고 있던 걸까. 상준은 피식 웃으며 학을 내려다보았다.

'그거 생각나네.'

상운의 병실에 전해주고 온 천 마리의 학.

생김새가 퍽 닮았긴 했지만, 대수롭게 생각하지는 않는 상준이었다.

그 순간, 익숙한 목소리가 뒤에서 훅 들어왔다.

"팬이 선물한 거야?"

"아, 깜짝이야."

갑자기 불쑥 다가오니 놀랄 만도 하다.

상준은 가슴을 쓸어내리며 유찬을 돌아보았다.

"언제 왔냐."

상준의 물음엔 대답도 안 하고 같은 말을 반복하는 유찬.

"팬이 선물한 거야."

"아, 그때 그 학?"

상준은 머쓱한 미소를 지으며 고개를 저었다.

유찬 역시 상준이 상운의 팬에게 천 마리의 학을 받았다는 걸 알고 있었다.

하지만, 그때 그 학이 여기 있을 리가 없다.

"여기에 있던 거야, 이건. 팬이 선물했던 그건 지금……."

어딘가 위화감이 드는 분위기.

상준은 인상을 찌푸리며 한 걸음 뒤로 물러섰다.

'뭔가 이상한데.'

유찬이라고는 믿기지 않는 낯선 기운.

직감적으로 이상함을 느낀 상준이 그를 돌아보았다.

"너……."

누구냐고 묻기도 전에.

고요한 복도 위로, 의미심장한 유찬의 목소리가 울려 퍼진다.

상준이 이해할 수 없는 한마디.

"팬이 선물한 거라고."

그 한마디와 함께.

유찬은 바닥에 쓰러졌다.

＊　　　　＊　　　　＊

"왜? 무슨 일이야?"

쿵.

둔탁한 소리에 고개를 내민 도영은 경악한 얼굴로 뛰어왔다.

송준희 매니저 역시 창백하게 질린 안색으로 달려왔지만, 상준의 예상대로 유찬은 금방 깨어났다.

"으윽……."

오히려 깊은잠을 누가 깨웠냐는 듯 평온해 보이는 얼굴이다.

상준은 안도의 한숨을 내쉬며 고개를 들었다.

"많이 피곤했나 봐요."

"피곤하다고 쓰러져?"

"안 쓰러졌는데."

유찬은 머리를 긁적이며 어깨를 으쓱였다.

지나치게 태연해 보이는 유찬의 태도가 오히려 도영의 신경을 긁었다.

"누워 있었으면서 뭘 안 쓰러져. 병원 가봐야 하는 거 아냐?"

"…어. 나 왜 여기 있… 냐."

"저거저거, 멍청한 새끼."

유찬은 영문을 모르겠다는 표정으로 엉거주춤 일어섰다.

도영은 그런 유찬이 걱정되는지 거듭 병원에 가보라며 말을 던졌지만, 유찬은 고개를 갸우뚱할 뿐이었다.

"진짜 괜찮은데."

"요즘 스케줄이 많아서 그래. 무리했나 보네."

유찬이 갑작스레 쓰러진 이유를 알고 있긴 했지만, 차마 솔직하게 털어놓을 수는 없는 상준이다.

상준은 유찬의 어깨를 토닥이며 어서 쉬라고 부추겼다.

"엥. 나 괜찮구만 다들 왜 그러냐."

곰곰이 생각해 봐도 전혀 기억이 없다.

"뭔 일이지."

유찬은 머리카락을 쥐어뜯으며 연습실로 돌아갔다.

상준은 멀어지는 유찬의 뒷모습을 바라보며 깊은 생각에 잠겼다.

'고맙다고 전해줘.'

유찬이 쓰러지기 직전에 조그맣게 울려 퍼지던 목소리.

상준은 주머니에서 챙겨두었던 학을 꺼내었다.

상식적으로 말이 안 되는 소리긴 하지만.

'팬이 선물한 거라고.'

유찬, 아니, 정체를 알 수 없는 이의 말이 맞다면.

상준은 인상을 찌푸리며 학을 주머니에 쑤셔 넣었다.

"…이게 진짜 그거라고?"

＊　　　　＊　　　　＊

'뭐가 어떻게 된 거지.'

이따금 낯선 목소리가 상준을 찾아올 때마다 그의 머릿속은 복잡해질 수밖에 없었다. 몇 번이나 마주했으나, 알 수 없는 이질감과 동시에.

'왠지 모를 친밀감.'

그 두 가지를 동시에 가져다주는 존재.

상준은 지끈거리는 머리를 부여잡으며 한숨을 뱉었다.

"무슨 일이야?"

유찬이 불쑥 고개를 들이밀자, 상준은 질색하며 뒤로 물러섰다.

"야, 무서워."

"헐, 너무하네."

딴 사람도 아니고 유찬이다.

얼마 전의 일 때문에 저렇게 갑자기 튀어나오면 놀랄 만도 하건만.

아무런 상황을 모르는 유찬은 그새 삐지고 말았다.

"아니, 너 말고. 그, 저기. 까마귀."

"안 속아요."

"야. 야. 엄유찬?"

"누구세요."

제대로 삐졌다.

상준은 머쓱한 미소를 지으며 유찬의 어깨를 툭툭 쳤다.

미동도 없는 녀석에게, 상준은 한숨을 뱉으며 말을 건넸다.

"생각이 복잡해서 그래."

"왜? 여자 친구 문제야?"

느닷없이 던진 유찬의 말에, 상준이 영문을 모르겠다는 표정으로 고개를 저었다.

"그건 또 무슨 소리야."

"왜, 형 프사가 여자 친구던데."

이건 또 무슨 헛소리인가.

상준은 재빨리 들어가 프로필사진을 확인했다.

상준의 기억대로 텅 비어 있는 프로필사진.

"아무것도 없는데?"

영문을 모르겠다는 표정으로 되묻는 상준에게.

유찬이 묵직한 팩트를 던졌다.

"그니까, 없다고."

망할.

"이… 이 새끼가?"

뒤늦게 유찬의 말을 이해한 상준의 얼굴이 붉어지는 사이.

"상준아, 나가자."

다행히도 송준희 매니저가 상준을 불렀다.

삐졌던 건 어디로 가고, 그새 화가 풀렸는지 생글대며 상준을 배웅하는 유찬이다.

상준은 혀를 차며 촬영장에 발을 내디뎠다.

"갔다 온다."

차에서 내린 상준이 시선을 돌리자마자, 익숙한 촬영장의 세트가 한눈에 들어온다. 커다란 스튜디오에 마련되어 있는 병원 세트장.

이게 세트장이 맞냐고 사람들이 물을 정도로 엄청난 규모와 디테일이다.

"안녕하세요."

상준은 고개를 숙이며 능숙하게 촬영장에 들어섰다.

저 멀리서 경민지가 어색한 미소로 인사를 건네왔다.

"잘 부탁드립니다."

"네, 저도요."

연예가 프로까지 같이 나간 사이긴 하지만, 아직은 어색하다.

"으음."

그동안 황민철과의 씬이 많다 보니 여자주인공 배역이어도 제대로 만나본 적이 없었다. 하지만, 오늘은 대부분의 씬을 그녀와 찍어야 한다.

"자, 촬영 시작하겠습니다."

하지만, 어색함은 어디로 가고.

카메라가 돌아가자마자 프로 본연의 모습으로 돌아오는 상준이다.

허구한 날 티격대는 두 주연의 대학 생활 회상 씬.

모처럼 만에 의사 가운이 아닌 사복을 꺼내 든 상준이 경민지를 향해 부드럽게 웃어 보였다.

'겉으로는 친한 척하지만 냉전인 분위기.'

학창 시절부터 대판 싸우던 둘의 냉전을 고스란히 담아내야 했으니.

상준의 입꼬리에 미묘한 경련이 일었다.

'괜찮은데?'

아직 둘의 사이가 어색해서인지, 아니면 정말 어색한 연기를 하고 있는 건지.

확실히 알 수는 없었지만 원하던 그림임엔 틀림없었다.

카메라가 둘의 미묘한 표정을 번갈아 담아내는 사이, 상준이 입을 열었다.

"무슨 메뉴 주문하시게요?"

주점까지 맡으며 대학 축제를 즐기던 호진은 병원의 전화를 받고, 급하게 자리를 뜨게 된다. 그렇게, 호진의 평범하던 일상이 완전히 무너지기 직전의 장면.

호진이 본능적으로 그녀를 밀쳐냈던 것도, 이날의 기억 때문이었다.

"별건 아니고."

경민지는 팔짱까지 낀 채 고개를 치켜들었다.

"뜨거운 아이스아메리카노 주세요."

"하."

피식 웃음을 터뜨리며 혀를 차는 상준이다.

"대단하네, 정말."

"대단하긴 네가 대단하지. 조별 과제 빼먹어두고 여기서 잘만 놀고 계시네?"

"초면인 거 같은데요. 누구신가요?"

"뒈지실래요?"

의예과에서도 엘리트이던 그녀와는 달리, 호진은 마이 웨이 그 자체였다.

유급만 간신히 면하면서 살아가고 있는 해맑은 대학생.

상준은 손사래를 치며 능청스럽게 말을 더했다.

"에이, 기왕이면 오래 사는 게……."

그의 말을 끊고 울려 퍼지는 벨소리.

호진의 인생을 송두리째 바꿔놓게 될 전화를, 대수롭지 않게 받아 드는 그다.

그리고.

"네……?"

충격에 휩싸인 상준의 얼굴.

그의 머릿속으로 잊고 있던 기억이 스쳐 갔다.

'지금 오성서울병원 응급실에……'

상운이 사고를 당했던 그날.

그때, 수화기 너머로 울려 퍼지던 말이 너무도 잔인해서.

"하."

상준은 호진의 심정을 온전히 이해할 수 있었다.

「연기 천재의 명연」이 굳이 없어도.

대사를 치기 전부터 일그러지는 상준의 얼굴.

"……"

원래대로라면 이다음 이어질 대사는 따로 있었다.

'지금, 지금 바로 가겠습니다.'

다급히 말을 뱉으며 달려 나가야 하는 장면이지만.

상준은 말없이 휴대전화를 떨구었다.

'이럴 생각은 없었는데.'

계산하지 못했던 장면이다.

가만히 서 있던 상준의 눈시울이 이내 붉어졌다.

그와 동시에 천천히 흘러내리는 눈물.

'뭐지.'

그 모습을 앞에서 지켜보고 있던 경민지는 온몸에 소름이 돋았다.

대수롭지 않아 보이던 표정에서 180도로 바뀌어 버리는 눈빛.

'저건 연기가 아니야.'

경민지는 혼란스러운 낯빛으로 상준을 빤히 응시했다.

그동안 그녀가 알아왔던 연기와는 차원이 다른 감정선이다.

마치 정말 충격에 빠진 사람을 눈앞에서 마주한 기분.

그 깊은 감정선에 경민지는 저도 모르게 눈시울을 붉히고 있었다.

'사고가 났는데… 지금 상태가 안 좋아서요.'
'아마 일어나지 못할 수도 있을 거 같은데.'

무거운 목소리로 현실을 전해주었던 의사의 말.

상준은 그 고통스러운 말들을 떠올리며 입술을 지그시 깨물었다.

이곳이 촬영장이라는 것도 순간 잊어버린 채 상준은 허망한 눈빛으로 고개를 들었다.

"하아."

그 순간.

"컷! 오케이!"

감독의 우렁찬 목소리 덕에 상준은 연기 밖으로 벗어났다.

"아."

축축한 눈가를 옷소매로 훔치며 상준은 머쓱한 미소를 지어 보였다.

원래대로라면 짧게 치고 지나갔어야 할 장면이다.

자신의 과한 감정 몰입 때문에 테이크가 늘어졌다.

"죄, 죄송합니다."

이런 치명적인 실수를 할 줄이야.

상준은 거듭 고개를 숙이며 말을 뱉었다.

"다시 갈게요. 제가 감정 조절을……."

"뭐 하러?"

"네?"

느닷없는 감독의 말에 상준은 놀란 눈을 떴다.

'혹시 화난 건가.'

같은 실수도 연기 경험이 없는 신인이 하면 두 배로 타박받게 마련이다. 상준은 순간 긴장한 낯빛으로 고개를 들었지만.

분위기는 상준이 생각했던 것과 사뭇 달랐다.

"와, 표정 좀 봐."

"아니, 이게 어떻게 나오지?"

고통스럽게 감정을 토해내는 상준의 미세한 표정 하나하나가 완벽하게 카메라에 담겼다. 모니터링을 하던 스태프들조차 넋이 나간 표정으로 입을 벌리고 있었다.

'대체······.'

말 한마디 하지 않았는데도 감정이 고스란히 전해져 온다.

천천히 모니터링 현장에 다가선 경민지는 멍한 얼굴로 입을 열었다.

"진짜 대박이었어요."

상준과 달리 단역부터 차근차근 밟아온 그녀였다.

'경력은 내가 더한데.'

여러 번 드라마에 출연해 본 그녀. 그만큼 수많은 상대역들을 만나왔고.

지난번 황민철의 연기를 가까이서 본 것도 충격적이었지만, 이 연기는 다르다.

'그냥… 슬프네.'

가만히 있으면 빠져들 것처럼 가슴이 시큰하다.

알 수 없었던 감정에 동요되어 버린 경민지는 저도 모르게 탄성을 뱉었다.

"이거 원래대로 넣기는 너무 아까운데요?"

다른 스태프들도 같은 생각이었는지, 갑작스레 촬영장이 분주해졌다.

몇 번 모니터링 화면을 살피던 감독은 상황을 살피다가 결단을 내렸다.

"이거, 제대로 살렸으면 하는데."

"어떻게 할까요?"

"앞으로 빼고. 티저 영상에도 잘라서 넣어."

원래대로라면 황민철의 활약 위주로 드라마 광고 영상을 삽입할 생각이었다. 스쳐 지나가는 장면 중 하나일 뿐인 이 씬이.

그랬던 감독의 계획을 완전히 바꿔놓았다.

"뭐… 뭐가 어떻게 된 거야?"

영문도 모를 상준이 머리를 긁적이는 동안.

감독은 결심한 듯 고개를 끄덕였다.

"이대로 가자고."

＊　　　　＊　　　　＊

"빨리, 빨리 틀어봐."

"아, 너무 긴장되는데."

컴백 준비를 앞두고 바쁜 스케줄에서도 시간을 내어 모여든 멤버들.

도영이 호들갑을 떨며 리모컨을 들었다.

"시, 시작한다."

10시로 향하는 시곗바늘.

그와 동시에 멤버들의 탄성이 튀어나왔다.

"와."

웅장한 BGM과 함께 녹아들어 가는 자연스러운 효과.

황민철의 카리스마 넘치는 대사로 시작할 줄 알았던 드라마의 도입부는 상준도 익히 알고 있는 익숙한 장면으로 시작되었다.

"뭐야."

"어, 형 나오네?"

가장 큰 임팩트로 들어가야 하는 도입부 장면에 자신을 쓸 줄은 몰랐던 상준이다. 모두들 의아한 눈빛으로 상준을 돌아보던 것도 잠시.

이어지는 장면 앞에서 멤버들은 눈을 떼지 못했다.

—네……?

슬픔과 절망. 간절함과 죄책감.

그 모든 감정을 아우르는 미묘한 표정이 스크린 가득 채워진다.

"……."

드라마의 도입부를 완전히 사로잡은 상준의 연기와 함께.

「흉부외과: 기억의 시간」.

대망의 1화가 시작되었다.

*   *   *

—와. 어제 1화 봄?

ㄴ나 봤음

ㄴ미쳤던데????

ㄴ존잼 각임

ㄴ딴거 둘째 치고 연기가 지리더라

ㄴ나 도입부부터 울었음ㅋㅋㅋㅋ

—이은영 드라마보다 이게 더 재밌는데?

ㄴㅇㅈ

ㄴ누가 밀릴 거라고 했냐…….

ㄴ오히려 그쪽에서 긴장 타야 할 듯

—황민철도 황민철이지만, 신인이 대박이던데

ㄴ상준이?

ㄴㅇㅇㅇㅇ 걔

ㄴ와, 진짜 순식간에 몰입되던데

ㄴ본인 일이라서 그런가

ㄴ본인 일????

ㄴ그게 무슨 소리야?

ㄴㅠㅠ나도 알려줘

어느 정도는 예상했던 바지만, 상운의 얘기까지 같이 오르내리고 있었다. 병실에 누워 있는 상운의 이름이 거론되는 게 마냥 달가운 일은 아니긴 하지만.

'그만큼 잘했다는 거니까.'

연기를 막상 할 때는 겨를이 없어서 몰랐다.

아니, 애당초 그건 연기가 아니었다.

감정 조절 실패가 만들어낸 뜻밖의 횡재였다.

"나쁘지 않았지?"

"나쁘지 않은 게 문제가 아니라. 진짜 내가 봐도 미쳤어, 그 장면은."

드라마의 처음부터 끝까지 줄곧 기억될 장면이라며, 도영은 거듭 감탄을 뱉었다. 수없이 상준의 연기를 봐온 도영마저 저렇게 말할 정도면 확실히 큰 파장을 불러일으킬 만하긴 했다.

"다행이네."

"형."

하지만 상준의 그 연기가 이번엔 온전한 노력만으로 나온 게 아니라는 것을, 도영도 알고 있었다.

도영은 걱정스러운 눈길로 조심스레 물었다.

"그때 일……. 떠오른 거지?"

머릿속에서 지워 버리고 싶은 그날의 기억.

상준은 씁쓸한 미소를 지으며 고개를 끄덕였다.

도영은 예상했다는 듯이 고개를 끄덕였다.

"은수 형이 걱정하더라. 나한테도 전화 왔었어."

"괜찮아."

벌써 1년 반이 지났다. 마냥 그 과거에 얽매여 있기엔 나아가야 할 길이 더 많이 남아 있었다.

'고맙다고 전해줘.'

어쩌면 그게 상운의 감정이 아닐까.

이렇게라도 자신을 기억해 주는 데에 대한 감사함.

차라리 그렇게 생각해 주고 있다면, 한결 마음이 편해질 것 같았다.

"됐어. 근데 우리 언제쯤 출발한대?"

상준은 대수롭지 않다는 듯이 말을 돌렸다.

단체로 라디오방송을 마치고, 송준희 매니저를 기다리기 위해 대기실에 머물러 있는 탑보이즈였다.

매니저에게서 대강 얘기를 전해 들은 선우가 입을 열었다.

"아, 그게. 누구 만나고 오신대."

"누구를?"

다른 사람도 아니고 이 방송국에서.

상준은 의아하다는 듯 어깨를 으쓱였다.

"매니저님 발이 넓으신가."

"그러게. 누구……."

그 순간.

벌컥.

대기실의 문이 열렸다.

"…어?"

어서 숙소에 돌아가고 싶다며 줄곧 송준희 매니저를 기다리던 멤버들은, 그 자리에서 얼어붙고야 말았다.

송준희 매니저가 들어오긴 들어왔는데.

"반가워요."

카리스마 넘치는 인상에 진한 이목구비까지.

이따금 뉴스에서 접한 적 있었던 얼굴과 함께 들어왔다.

'어, 어디서 많이 봤는데.'

확실한 건 연예인은 아닌데, 어딘가 낯이 익다.

잠시 고민하며 눈을 굴리던 도영이 가장 먼저 벌떡 일어났다.

"헉."

"안, 안녕하세요!"

나머지 멤버들은 영문도 모른 채 고개부터 숙였다.

하지만, 고개를 든 순간 상준의 머릿속에서도 하나의 얼굴이 스쳐 지나갔다.

"작가… 님?"

수많은 화제의 드라마를 뽑아내, 각종 드라마상까지 휩쓸었던 스타 작가 이은영. 방송활동을 자주 하는 편은 아니라, 단번에 알아보진 못했지만.

'워낙 튀는 얼굴이라.'

쉽게 잊을 만한 인상은 아니었다.

앞에 서 있기만 해도 뭔가 두 손을 공손히 모아야 할 것만 같은 카리스마.

이은영 작가는 싱긋 미소를 지으며 고개를 끄덕였다.

"다들 알아는 보네."

송준희 매니저가 데려온 사람이 이은영 작가일 거라고는 예상하지 못했다.

상준이 당황한 낯빛으로 두 눈을 끔뻑이는 사이, 매니저가 조심스레 이은영 작가를 소개했다.

"다름이 아니라, 상준이. 널 보고 싶어 하셔서."

"저를요……?"

송준희 매니저와도 당연히 친분이 있는 사이는 아니었다.

이은영 작가가 이곳을 찾은 이유는 단 하나였으니까.

무턱대고 송준희 매니저를 붙잡은 채 이곳까지 오긴 했지만.

'쟤라고?'

확실히 비주얼만으로 주연 자리를 따낼 법한 외모긴 하다.

100프로 배우상이라고 단언하기엔 애매하긴 하지만, 어느 배역이든 쉽게 녹아들어 갈 분위기이기도 하고.

하지만.

'그 정도일 거라는 느낌은 안 드는데.'

자존심 탓에 첫 화 만에 화제성을 불러 모았던 경쟁작을 찾아보진 않았던 이은영 작가였다. 다른 연륜 있는 배우들과는 달리 한없이 어려 보이는 상준이 믿음이 가지 않는 것도 당연했다.

"보니까 아이돌이던데, 맞아요?"

"네, 그렇습니다."

그래서, 일부러 조금 짓궂은 질문을 던져보기로 했다.

"연기가 좋아요, 무대에 서는 게 좋아요?"

배우가 좋냐, 가수가 좋냐.

한마디로 정리하자면 그 소리였다.

'당연히 배우라고 하겠지.'

딴 사람도 아니고, 드라마작가인 자신의 앞에서 잘 보이려 하는 배우들은 차고 넘쳤다. 설령 노래 부르는 게 더 좋다 해도 당연히 듣기 좋은 소리를 꺼내놓을 거라고 생각했던 이은영 작가였다.

그런데.

"무대에 서는 게 좋습니다."

자신의 앞에서도 한없이 당당한 눈빛.

이은영 작가는 당황한 낯빛으로 피식, 웃음을 흘렸다.

"근데 연기는 왜 그렇게 열심히 해요?"

의학 드라마를 찍겠답시고 각종 수술 용어에, 수술 방법까지 달달 외웠다는 얘기는 전해 들었다. 드라마 오픈 전에 살짝 올라왔던 화제의 티저 영상도 본 적이 있었고.

'손놀림도 장난 아니던데.'

연습이 돋보이는 결과물이었다.

'가수가 더 좋다면서.'

그 얘기를 자신의 앞에서 당당하게 내뱉는 것도 코미디지만, 그러고도 열심히 하는 건 더 이해가 가질 않는다.

그럼에도, 상준은 담담하게 입을 열었다.

"전 항상, 주어진 것에 최선을 다합니다."

오히려 그런 질문을 하는 이은영 작가가 이해되지 않는다는 듯한 표정.

너무도 솔직한 답변에 송준희 매니저가 살짝 눈치를 줬지만, 이미 상준의 두 눈은 열의로 가득 차 있었다.

"오호."

송준희 매니저가 긴장한 기색으로 침을 삼켰지만, 이은영 작가는 만족스러운 듯 고개를 까닥였다.

경쟁작에 떠오르는 신예가 있다길래 호기심에 와본 건데, 예상치 못했던 답변을 들었다.

이은영 작가는 씨익 웃으며 입을 열었다.

"마음에 드는데."

$$* \qquad * \qquad *$$

"이야, 이은영 작가님이 형 완전 찍었다던데? 좋은 쪽으로?"

"……"

어느새 대기실에서 있었던 일은 소문으로 퍼져 떠돌고 있었다.

도영은 호들갑을 떨며 말을 이었다.

"은수 형도 알더라. 소문 쫙 퍼졌어."

"에이."

'전 항상, 주어진 것에 최선을 다합니다.'

지나치게 도전적인 한마디였기에, 송준희 매니저가 말릴 만도

했지만.

사실 괜히 튀어나온 말은 아니었다.

이은영 작가의 작품을 한두 번 본 게 아니다.

'연기에 딱히 관심이 있었던 건 아니지만.'

그만큼 이은영 작가의 작품이 유명했으니까.

그러던 중, 우연히 그녀의 인터뷰를 들었었다.

'사실 이 일을 하면서 수많은 배우를 만나잖아요. 제가 보는 건

사실 딱 두 개거든요.'

한 사설 인터뷰에서 속마음을 털어놓았던 그녀다.

진지하게 카메라를 향해 뱉어냈던 그녀의 신념.

"솔직함과 성실함."

배우는 자신을 숨기고 연기하는 직업이 아니다.

오히려 드러내는 직업이다. 자신의 색을 배역에 완벽히 녹여내는 일, 그렇기에 솔직함이 중요하다. 성실함은 말할 것도 없고.

그래서 꺼낸 대답이었다.

"이은영 작가님이 뭘 보고 꽂혔나?"

"그렇겠지? 뭘까."

"별거 아냐."

상준은 고개를 저으며 휴대전화의 캘린더를 확인했다.

9월 20일에는 뮤비 촬영, 21일에 유찬의 생일이다.

'내일이네.'

"형, 뭐 해?"

갑작스럽게 튀어나온 유찬에, 상준은 캘린더 창을 자연스레 내리며 고개를 들었다.

그 순간, 송준희 매니저가 입을 열었다.

"오늘 뮤직비디오 촬영이니까 잘들 하고 오고. 너네 컴백 일정도 얼마 안 남았으니까 슬슬……."

차 시동을 끄기가 무섭게 잔소리를 쏟아내는 송준희 매니저다.

"네에."

"네네."

"와, 나 또 이겼는데?"

아무리 진지하게 주의를 줘도 잔뜩 신이 나 있는 뒷자석이다.

어느새 게임에 몰두해 있는 멤버들을 확인한 송준희 매니저는 못 말린다는 듯이 혀를 찼다.

"그래, 다들 촬영이나 잘하고."

송준희 매니저는 짧은 한마디와 함께 밖으로 나섰다.

오늘 촬영 일정이 빠듯하다 보니 최대한 빨리 촬영에 들어가야 했다.

"자, 왔네."

멤버들을 쓰윽 훑는 예리한 감독의 눈길에 상준은 잠시 긴장했다.

다행히도 감독의 입에선 담담한 한마디가 튀어나왔다.

"촬영 들어갑시다."

지난번 뮤직비디오가 색감 위주였다면, 이번엔 연기의 비중도 제법 크다.

"네, 알겠습니다!"

커다란 세트장을 두리번대던 상준은 감독이 시키는 대로 중앙에 섰다.

'저기가 탑인가.'

탑의 형체를 하고 있는 높다란 계단.

세트라고는 믿기지 않은 스케일에, 상준은 입을 떡 벌렸다.

"저 탑을 올라가는 거죠?"

"네, 감정선 어떻게 잡아야 하는지는 알죠?"

"네."

최대한 쓸쓸하게.

탑을 오르고 싶어 하지만 빙빙 돌기만 하는 멤버들.

그런 그들에게 알 수 없는 힘이 찾아온다.

'그 힘으로 정상에 오르게 되지.'

저 탑 위에서 멤버들을 끌어 올려주는 온탑.

그리고 그들을 위해 쉬지 않고 정상을 향해 올라서는 탑보이즈까지. 그들의 세계관을 담은 마음에 드는 설정이다.

"자, 시작할게요."

감독의 한마디 말에 미소를 짓던 상준의 얼굴엔 웃음기가 사라졌다.

"……."

카메라 불이 켜지자마자, 상준은 쓸쓸한 표정으로 고개를 들었다.

'잘할 수 있다.'

데뷔앨범보다 한결 성숙해진 상준이다.

그사이에 더해진 연기 경험까지 충분한 토대가 되었고,

그렇기에 상준은 자신 있게 걸음을 내디뎠다.

저 위로 올라가 보려 해

꿈꿀 수 없는 높은 탑이라고 해도

잔잔하면서도 서정적인 멜로디.

그 멜로디를 머릿속으로 그리며, 상준은 높다란 탑을 올려다보았다.

저벅저벅.

한 걸음씩 올라서는 상준과 동시에, 세트도 돌기 시작한다.

"하."

올라서고 싶어도 닿지 않는 높은 탑.

상준은 애타는 얼굴로 걸음을 재촉했다.

"올라가고 싶은데."

잔잔한 뮤비의 첫 대사.

상준의 한마디에 카메라를 확인하던 감독은 멈칫했다.

그래서 물었어
그곳은 어떠니 모든 게 다 보이니

쉼 없이 걸어도 올라갈 수 없는 탑 앞에서, 상준은 좌절하는 대신 묻는다.

그의 눈에 서린 희망의 빛. 그 미묘한 감정을 포착하기 위해 카메라 감독은 상준의 얼굴을 정면으로 클로즈업했다.

"와."

마치 드라마 한 편을 보고 있는 듯한 생생함에, 감독은 천천히 입을 벌렸다.

한참 동안 꼭대기를 올려다보던 상준은 조심스레 손을 뻗었다.

그 사소한 동작에서조차 살아 있는 섬세함.

미세하게 떨리는 상준의 손끝을 확인한 감독은 마침내 혀를 내둘렀다.

"진짜 뭐 하는 친구야?"

"연기는 잘하죠?"

매니저 생활을 하면서 뮤비 촬영 현장에 한두 번 가본 건 아니었지만, 이런 반응은 또 처음이다.

송준희 매니저는 뿌듯한 표정으로 말을 뱉었다.

"그래도 애들이 연기는 좀 하네요."

"아니, 저건 좀 하는 게 아니라."

"아니, 오는 길 내내 신나서 난리를 치다가… 감독님?"

허공을 떠돌던 상준의 손이 천천히 내려앉는다.

방금 전까지 감탄하던 스태프들도 조용히 입을 닫는다.

소름 돋을 정도로 정적인 촬영장 위로, 상준의 목소리가 울려 퍼진다.

"올라가게 해줘."

간절함이 느껴지는 목소리.

그 목소리에서 전율을 느낀 감독은 한참 동안 멍하니 앉아 있었다.

"아."

저 목소리는 대체 뭘까.

「연기 천재의 명연」과 「신이 내린 목소리」가 동시에 어우러져 만들어낸 장면. 단 한 대사였을 뿐인데도, 감독은 쉽게 헤어 나올 수 없었다.

"…감독님."

옆에서 카메라 감독이 그를 부르지만 않았어도, 그대로 멈춰 있었을지도 모른다.

"컷… 컷!"

감독은 다급히 오케이 싸인을 보냈다.

아직 여운이 가시지 않는지 반쯤 넋이 나간 감독이다.

저벅저벅.

그런 상황을 알 리 없는 상준은 조심스럽게 세트장 아래로 내려왔다.

자신이 어떤 씬을 만들어냈는지 모른다는 듯 순진무구한 눈빛.

"그… 그, 연기가……."

감독이 웅얼거리는 사이, 상준은 씨익 미소를 지어 보였다.

"다음 장면 가면 되나요?"

*　　　*　　　*

한참의 촬영이 끝나고, 멤버들은 모니터링 화면 앞으로 몰려들었다.

정규앨범 타이틀곡의 뮤직비디오.

그 의미를 알기에 모니터링을 하던 멤버들의 눈빛도 한층 진지해졌다.

"와."

지난번 뮤직비디오와는 비교도 안 될 정도로 완성도 높은 연기.

상준이 만들어냈던 장면들도 충분히 뜻깊었지만 확실히 전문가의 손길은 다르다. 상준은 감탄하며 혀를 내둘렀다.

"이거 나오면 대박일 거 같은데?"

"그러니까."

도영은 숨을 거칠게 내뱉으며 오두방정을 떨었다.

쓰윽.

멤버들이 한 명씩 탑에 올라가는 장면을 유심히 살피던 유찬은 하나의 장면 앞에서 멈춰 섰다.

"이건 진짜 대박이다."

그중에서도 단연 눈길이 가는 상준의 장면.

괜히 드라마의 주연을 꿰찬 게 아니다.

유찬은 탄성과 함께 말을 뱉었다.

"표정 봐."

"아니, 그게 아니라. 알지?"

"알았어. 내가 이따가……"

유찬이 화면을 살피며 거듭 감탄하던 순간.

멤버들이 뒤에서 알 수 없는 말을 중얼댔다.

"뭔 일 있어?"

"어?"

유찬의 물음에 도영은 어색한 미소를 지었다.

모니터링을 마친 상준 역시 어깨를 으쓱이며 화제를 돌렸다.

"이야, 색감이 너무 잘 뽑혔다."

"그, 그러게."

아무리 생각해도 말을 일부러 피한다는 듯한 느낌이 든다.

유찬은 고개를 갸우뚱하며 다시 화면으로 시선을 돌렸다.

"아, 유찬아."

그 순간.

선우가 생각났다는 듯 말을 덧붙였다.

"우리 끝나고 연습실 들를 건데. 실장님이 너 찾으시던데?"

"나를?"

현재로서는 단독 고정 스케줄이 없는 유찬이다.

딱히 조승현 실장이 그를 따로 부를 일이 없다는 의미였다.

유찬은 의아한 낯빛으로 선우에게 되물었다.

"나를 왜?"

"몰라……?"

영문을 모르겠다는 유찬에게 도영이 다급하게 말을 얹었다.

"그거네."

"뭐?"

"너, 요즘 연습 안 하는 거. 그거 실장님 귀에 다 들어갔나 보다."

이건 좀 억울하다.

유찬은 두 눈을 끔뻑이며 항변했다.

"야, 연습은 네가 더 안 하잖아."

"뭐래, 아니거든?"

유찬이 강렬하게 항의하자, 도영은 의외로 순순히 고개를 끄덕였다.

"그래, 아닌 걸로."

"왜 그래, 무섭게."

원래대로라면 말 한마디 안 졌을 도영이 저렇게 나오니까 의아하긴 하다.

쓰윽.

그 말 한마디만 남기고 도영은 순식간에 멀어져 버렸다.

"아, 우리는 피곤해서."

"어, 나도."

"들어가 본다."

도영의 한마디에 다른 멤버들도 말을 얹는다.

묘하게 어색한 공기가 허공을 갈랐다.

무언가 말을 꺼내려던 유찬은 타이밍을 놓치고 말았다.

"음."

'뭔 일 있나?'

아까부터 줄곧 허둥지둥인 기분.

유찬은 머리를 긁적이며 고개를 돌렸다.

갑자기 저러니 당황스럽다.

"야, 빨리 가서 준비하라니깐."

"조용히 해. 듣잖아."

바람을 타고 흐릿하게 들려오는 목소리.

유찬은 고개를 갸우뚱하며 휴대전화를 꺼내 들었다.

"숙소 가서 묻지 뭐."

이상하긴 하지만 지금 당장 상관할 문제는 아니다.

촬영이 끝난 이상, 도영의 말대로 가장 먼저 조승현 실장을 찾아가야 했다.

"네, 실장님."

멀어지는 멤버들의 뒷모습을 바라보며, 유찬은 휴대전화를 움켜쥐었다.

*   *   *

"실장님, 무슨 일로 부르셨어요?"

"아."

끝나자마자 연습실도 들르지 말고 바로 달려오라는 말에 여기까지 오긴 했다.

거친 숨을 몰아쉬며 뛰어온 유찬은 의아한 낯빛으로 자리에 앉았다.

"어, 그게."

조승현 실장은 서류를 뒤적거리며 천천히 입을 뗐다.

'실장님, 시간만 끌어주세요. 시간만!'

조승현 실장은 고개를 돌려 벽에 걸린 시계를 확인했다.

생각보다 뮤직비디오 촬영이 길었던 탓에 어느덧 9시가 된 시간이다.

하지만.

'12시까지 어떻게 시간을 끌라고, 이 자식들아⋯⋯!'

조승현 실장은 속으로 울분을 터뜨리며 온화한 미소를 지어보였다.

"다름이 아니라."

"네, 실장님."

유찬이 기억하는 한 조승현 실장이 이렇게 말을 끌었던 건 한 번밖에 없었다.

'데뷔조에 결정되었을 때.'

"무슨 일 있으세요?"

좋은 일이든 나쁜 일이든, 분명 중요한 일이 생긴 게 틀림없었다. 유찬이 살짝 긴장한 목소리로 조심스레 물었다.

"음."

조승현 실장은 물 한 모금을 삼키며 말을 뱉었다.

"컴백 준비는 잘되어가고?"

"아, 네. 뭐⋯⋯. 열심히 하고 있죠."

유찬은 당황한 얼굴로 얼떨결에 대답했다.

'뭐지.'

할 말이 있는데 간신히 미루고 있는 듯한 기분.

'차라리 빨리 말하지.'

하지만, 유찬은 몰랐다.

"으음."

할 말이 있는 게 아니라, 없어서 미루고 있다는 것을.

조승현 실장은 난처한 얼굴로 말을 이었다.

"연습은 하고 있어?"

"어제도……."

"연습도 좀 열심히 하고."

"아?"

영문도 모르고 혼난 유찬은 머리를 긁적이며 반박했다.

"에이, 실장님. 저 그래도 연습은……."

하지만 조승현 실장은 완전히 넋이 나간 얼굴이었다.

방금 전까지 연습 얘기를 했을 땐 언제고, 물 흐르듯 이상한 주제로 이야기가 넘어가 버렸다.

"요 앞에 고깃집 맛있더라."

"…네?"

"무한 리필 집이란다."

이건 또 무슨 시추에이션일까.

유찬은 혼란 가득한 얼굴로 조승현 실장을 빤히 바라보았다.

아마 지금 이 모습을 도영이 봤더라면 한숨을 들이쉬고 내쉴 게 뻔했다.

"아, 너 고기는 안 좋아하니?"

"진짜⋯ 무슨 일 있으세요?"

아무것도 모르는 유찬의 눈엔 심각한 상황으로 보였다.

'실장님⋯⋯.'

요즘 업무가 너무 많으셨던 걸까.

아니면 충격에 빠질 일이라도 있었던 걸까.

어느 쪽이든 긍정적인 방향으로는 생각이 떠오르질 않았다.

유찬은 걱정스러운 눈길로 되물었다.

"뭔 일인데요, 말해보세요."

처음 연습생으로 유찬이 들어왔을 땐, 쌀쌀맞아 보이는 고등학생 그 자체였다. 제 의견을 굽힐 줄도 모르고 들이받아 버리니 조승현 실장의 걱정도 이만저만이 아니었고.

이미지가 생명인 연예인이다.

지나치게 꾸밈없이 행동하는 유찬을 보면서 그런 면을 걱정했던 것도 사실이었다.

그런데.

'많이 컸네.'

이젠 제법 훌쩍 커버렸다.

조승현 실장은 흐뭇한 미소를 지으며 과거의 유찬을 떠올렸다.

'잘하긴 참 잘했지.'

춤을 어려서부터 배웠기에 다섯 멤버들 중에서도 춤은 가장 수준급이다. 하지만, 그런 유찬도 데뷔가 만만했던 것은 아니었다.

'하, 전 이렇게 출 건데요.'

'이건 이렇게 들어가는 게 아니라니까. 계속 네 멋대로 할래?'

'제 자유 아니에요?'

허구한 날 트레이너 선생님들과 치고받고 싸워대질 않나.

본인이 생각했을 때 맞다고 판단한 포인트에서는 밀려나는 법이 없었다.

그렇다 보니, 뮤직비디오 촬영처럼 세세한 스케줄 하나하나에도 달라진 유찬이 이따금 놀라웠다.

'아. 이 부분 다시 해볼까요?'

'제가 좀 더 연습해 볼게요.'

지적도 겸허히 받아들이면서 유찬은 전보다 빠르게 성장해 나갔다.

그렇게 성숙해져 버린 유찬이 신기하고도 기특했다.

"아. 진짜 별거 아니야. 네 생······."

"네?"

아. 멍하니 과거의 추억에 잠겨 있던 탓에, 저도 모르게 헛소리가 새어 나와 버렸다. 조승현 실장은 다급하게 말을 수습했다.

"생··· 생선 좋아하니?"

"생선이요? 갑자기?"

"아니, 회는 먹나 싶어서. 맨날 고기만 먹으면······."

조승현 실장이 횡설수설하며 내뱉은 말에도, 유찬은 걱정스러운 낯빛이었다.

"무… 무슨 일."

"아, 유찬아."

괜히 몰리기 전에 화제를 돌려야 한다.

조승현 실장은 박수를 치며 자리에서 일어났다.

"사실 이거 때문에 부른 거거든."

이제야 본론인 걸까.

자신을 빤히 바라보는 유찬의 부담스러운 시선을 피하며, 조승현 실장은 능청스레 말을 뱉었다.

"마트… 다녀올래?"

아?

*　　　　*　　　　*

"오늘 단체로 뭘 잘못 먹었나."

유찬은 한숨을 내쉬며 두 손 가득 쇼핑백을 들었다.

송준희 매니저가 컴백 스케줄을 관리하느라 바쁘니 대신 장을 봐달라는 소리였는데.

'그거야 충분히 납득할 수 있지만.'

끝이 없어 보이는 이 메모지는 도무지 납득이 안 된다.

유찬은 짜증 섞인 한숨을 뱉으며 메모지를 다시 살폈다.

"콜라, 색연필, 애견 배변 패드……?"

한 층에서 해결하기도 어렵게 여러 종류의 용품을 섞어났다.

난데없는 학용품에 지하까지 내려가야 하는 가공식품들. 게다가.

"아니, 배변 패드는 누구 거야."

숙소에 개도 안 기르는데 이게 무슨 개소리란 말인가.

유찬은 한숨을 내쉬며 작게 중얼거렸다.

"실장님, 개 기르시나……?"

한편 그 시간, 유찬을 간신히 떠나보낸 조승현 실장은 진이 다 빠진 얼굴로 의자에 몸을 기댔다.

"어후, 이 멍멍이들. 힘들어 죽겠네, 아주."

그의 역할은 최대한 시간을 끌다가 유찬이 12시 넘어서 돌아올 수 있도록 심부름을 시키는 일이었다. 각종 헛소리들로 그가 할 수 있는 최선을 다했으니, 남은 건 유찬이 천천히 돌아오길 바라는 수밖에 없었다.

다행히도.

그런 조승현 실장의 바람대로, 유찬의 쇼핑은 끝날 새를 안 보였다.

"아니, 이건 또 이 층에 안 팔아?"

상준의 치밀한 계획 덕분에 유찬은 터덜터덜 힘없이 전자제품 판매관으로 향했다.

"12,000원이요."

"네……."

유찬은 모자를 뒤집어쓰고 지친 얼굴로 마트를 나섰다.

잠깐만 하면 될 줄 알았던 심부름이 장장 2시간이 넘게 걸렸다.

"쓸데없는 걸 왜 이렇게 많이 사."

유찬은 투덜대며 묵직한 짐을 끙끙대며 들었다.

"이거 과소비야, 과소비."

아무에게도 들리지 않을 투정과 함께, 유찬은 힘겹게 JS 엔터에 들어섰다.

[형, 끝나고 바로 연습실로 와.]

제현의 문자 하나 때문에 다시 여기까지 오긴 했지만.

짐이 여간 무거운 게 아니다.

"실장님은 퇴근하셨겠지. 어흑."

실장실 불이 켜져 있었다면 배변 패드는 왜 사셨냐고 여쭤보려 했는데 글렀다.

유찬이 끙끙거리며 불이 켜져 있는 연습실로 향하던 순간이었다.

"형."

"아악, 깜짝이야!"

어둠 속에서 모습을 드러낸 제현에, 유찬은 기겁하며 한 걸음 뒤로 물러섰다. 심장이 롤러코스터라도 타는 것처럼 바닥으로 뚝 떨어진 기분이다.

유찬은 가슴을 쓸어내리며 말을 뱉었다.

"야, 좀 천천히 부르든가. 갑자기 튀어나오면……. 형은 심장이 약해."

"……."

"이제현? 너 듣고는 있냐?"

"아직 들어오면 안 돼, 형."

유찬이 놀란 얼굴로 호들갑을 떠는 와중에도 제 역할에 충실한 제현이다.

뜬금없는 제현의 말에 유찬은 두 눈을 동그랗게 떴다.

"왜?"

"59분이야."

이건 또 무슨 신박한 헛소리일까.

유찬은 두 눈을 끔뻑이며 제현을 바라보았다.

그 순간.

'설마.'

유찬의 머릿속을 스치는 하나의 생각.

그 생각이 정리되기도 전에 손목시계를 확인한 제현이 해맑게 덧붙였다.

"아, 이제 들어와도 돼."

"어… 어?"

제현이 떠미는 손길에, 유찬은 엉겁결에 연습실에 떠밀려 들어갔다.

그리고.

"…어?"

어둠 속에서 환하게 비추는 빛.

정신이 나갈 듯한 함성 앞에서.

"와아아아!"

"생일 축하합니다~ 생일 축하합니다!"

"엄유찬! 엄유찬! 엄유찬!"

유찬은 그대로 얼어붙었다.

제3장

아세대

"뭐냐."

유찬은 멍한 눈길로 멤버들을 돌아보았다.

생일 케이크를 손으로 받친 채 자신에게 부드럽게 웃어 보이는 멤버들.

도영이 그런 유찬의 어깨를 툭 치며 말을 뱉었다.

"네가 한 번도 말 안 해줘서 간신히 알아냈잖아. 실장님한테."

"그… 그게."

당황한 기색이 역력한 유찬의 얼굴에, 도영의 얼굴이 심각해졌다.

도영은 기겁하며 손에 들고 있던 탬버린을 내려놓았다.

"헉. 설마 너, 음력 쓰냐?"

"그런가 본데? 아, 도영아. 그런 건 확실히 알아뒀어야 했을 거 아냐."

"괜찮아. 괜찮아. 한 번 더 하면 되지."

멤버들이 생일을 잘못 알았던 건 아니다.

유찬은 손사래를 치며 고개까지 격하게 지어 보였다.

"아냐, 맞아."

"오. 봐봐. 맞다잖아."

"다행이네."

그럼 오늘 줄곧 뭔가에 분주했던 것도, 다 이거 때문이었을까.

유찬의 시선이 조승현 실장에게 닿았다.

자신을 바라보는 흐뭇한 미소.

"하."

유찬은 피식 웃음을 흘리며 고개를 들었다.

고맙다는 말부터 꺼내야 하는데 순간 정지해 버린 머리는 말을 듣질 않는다. 우두커니 서 있는 유찬을 본 도영이 다시 분위기를 띄우기 시작했다.

"엄유찬! 엄유찬! 엄유찬!"

"야, 어서 촛불 불어. 촛농 떨어진다."

"어서어서!"

자신 못지않게 잔뜩 들떠 보이는 멤버들.

"아, 맞다."

상준은 다급히 뒤편에서 고깔모자를 꺼내 유찬에게 씌워주었다.

"와아아아."

"오늘의 주인공, 촛불 불어주시죠!"

환한 미소로 따스하게 내뱉는 말들.

유찬은 행복에 취한 채 천천히 케이크에 다가섰다.

"후우."

케이크에 꽂혀 있는 촛불 10개.

촛불을 불어서 끈 유찬은 감격에 찬 얼굴로 뒤로 물러섰다.

"고맙다."

"크으, 물론이지."

"실장님도 감사합니다."

유찬은 해맑게 웃어 보이며 조승현 실장을 향해 고개를 숙였다.

그러면서 쇼핑백에서 주섬주섬 애견 패드를 꺼내는 유찬이다.

"실장님, 감사한 마음으로다가 선물을."

"…넣어둬라."

은혜를 원수로 갚는다며, 조승현 실장은 농담조로 투덜거렸다.

그런 조 실장의 타박에도 유찬의 웃음은 끊일 새를 안 보였다.

"아, 그런데. 중요한 걸 빼먹었거든."

그렇게 화목하던 분위기를 뚫고 도영이 진지한 얼굴로 입을 열었다. 그런 도영의 입에서 흘러나온 무서운 한마디.

"생일빵."

"아, 맞다."

아까까지 진심으로 축하해 주던 미소는 어디로 가고.

"이리 와, 유찬아."

"한 살을 먹었으니 패스할 수가 없지."

무서운 멤버들의 손짓에 유찬은 다급히 자리를 피하려 했다.

그래 봤자 얼마 못 가 잡힐 운명이었지만.

"아악, 아아악!"

아직 때리지도 않았는데 두 팔을 버둥거리는 유찬이다.

도영은 혀를 차며 그동안 쌓아왔던 악감정을 주먹에 싣기 시작했다.

"열아홉 대다."

"만 나이로 해주면 안 될까."

"어, 절대 안 돼."

이럴 때만 단호하다.

"얘들아, 얘들아……?"

"아악!"

송준희 매니저가 가운데에서 뜯어말리지만 않았다면.

지금쯤 삼도천 강변에서 세수를 하고 있었을지도 모르는 일이다.

"어흑, 죽을 뻔했네."

유찬은 곡소리를 내며 자리에서 일어섰다.

"와아아아!"

"생일빵 다음엔 또 선물이죠. 다들 오픈 갑시다!"

"병 주고 약 주고야?"

사방에서 쏟아지는 말소리에 다소 정신이 없긴 해도, 유찬의 입가엔 은은한 미소가 걸려 있었다.

'얼마 만일까.'

이렇게 많은 사람들에게 정식으로 생일 축하를 받는 게.

누가 툭 친다면 정말 감격의 눈물을 흘릴지도 몰랐다.

유찬이 생각에 잠겨 있던 와중에, 상준이 주머니에서 휴대전화를 꺼냈다.

"이건 팬들의 선물."

상준이 보여준 화면 가득 팬들의 댓글이 쏟아지고 있었다.

진심을 담아 한 글자씩 써 내려간 각종 편지와 짧게나마 유찬의 생일을 축하하는 글귀들.

"어……?"

―유찬이 생일 축하해 ㅠㅠㅠ
　└우리 짜파게티 생축생축!!
　└데뷔까지 왔으니 앞으로 꽃길만 걷자ㅠㅠㅠ
―온탑이들이 다 응원하는 거 알지?
　└생일 축하해요!!!
　└오늘 하루는 맛있는 거 먹고 잘 놀자
―정상까지 끌어올려 줄게 생일 축하해
　└항상 위에 온탑이 있는 거 알고 있지?
　└힘들 땐 언제든 부탁해, 위에 있으니까

"와."

끝도 없이 내려가는 스크롤을 보며 유찬은 감탄을 터뜨렸다.

처음부터 끝까지. 머릿속에 새겨두고 싶을 만큼 너무도 아름다운 말들이다.

댓글 하나하나에 유찬이 감동하고 있던 순간.

"……."

하나의 댓글이 유찬을 사로잡았다.

[태어나 줘서 고마워.]
[그리고…….]
[탑보이즈가 되어줘서 고마워.]

"아."

애써 참고 있었는데.

유찬의 눈시울이 서서히 붉어지기 시작했다.

'바빠 죽겠네. 생일? 생일은 무슨 생일이야.'

"생일이라……."

여느 때처럼 바쁘게 스쳐 지나갔던 날들 중 하나일 뿐.

유찬은 그날에 의미를 두었던 적이 없었다.

'여유가 없었으니까.'

11살의 어린 나이.

유찬이 처음으로 한 중소 엔터에 들어갔을 때였다.

꿈을 이루겠다는 일념 하나로 그 어린 나이에 유찬은 연습생이 되었다.

그때부터 유찬은 수많은 엔터를 전전하며 많은 것들을 배웠다.

잠시라도 쉬어서는 이 바닥에서 살아남을 수 없다는 것과.

'다 좋은데 보컬이 너무 약해.'

'네가 춤을 잘 추긴 하는데. 그 정도는 널렸어.'

자신의 재능이 정말 별것도 아니었다는 것.

'데뷔조 발표되었습니다.'

긴장 속에 수십 번 희망을 꿈꿨을 때도, 그 희망이 절망으로 돌아온 적이 더 많았다. 하지만, 포기하지 않기 위해 유찬은 더욱 악착같이 매달려야 했다.

열 개의 엔터테인먼트. 중소 엔터부터 대형 엔터까지. 여러 곳을 돌아다닌 끝에, 유찬은 JS 엔터에 들어오게 되었다.

그동안 쌓아왔던 경험. 그리고, 타고난 재능의 힘을 받아 마침내 이 자리까지 올라선 유찬이다.

하지만.

'엄마, 올해도 바쁘다니까.'
'나 데뷔조 들어서. 그래서 연습해야 돼.'

최종 데뷔조에 들고 나서도 유찬에겐 여유가 없었다.
그렇게 수없이 잊어왔던 시간.
11살 이후로 제대로 챙겨본 적조차 없었던 날.

'탑보이즈가 되어줘서 고마워.'

그 말이 오늘따라 퍽 와닿아서였을까.
유찬은 참았던 눈물을 토해냈다.
"야…… 왜 그래."
뚝뚝.
소리 죽여 울면서 급하게 옷소매로 눈물을 닦는 유찬이다.

하지만, 그런 노력이 무색하게도 연습실 바닥 위로 투명한 눈물이 떨어져 내렸다.

"야, 그 정도로 감동이었냐."

당황한 듯 유찬의 어깨를 토닥이는 선우.

"우리, 뭐 잘못했나."

"야, 생일빵을 너무 세게 때려서 그래."

"아파서 우는 거야?"

유찬을 고개를 숙인 채 부정했다.

다른 이유 때문에 우는 게 아니다.

그저.

"고마워서."

데뷔하기 전까지 혼자인 줄만 알고 살아왔는데.

이렇게 많은 사람들이 자신을 응원해 주고 있다는 게 새삼 실감이 나서. 그리고 무엇보다.

"…행복해서."

유찬은 눈물을 훔치며 환하게 웃어 보였다.

*   *   *

"고마워서. 흑흑……. 행복해서… 흐윽."

"야."

"흐윽, 온탑 여러분……."

눈물까지 머금게 했던 그때의 감동은 어디로 증발된 걸까.

유찬은 자신을 따라 하는 도영을 노려보며 중얼댔다.

"와, 이거 진짜 영상미 죽이는데."

"그새 그걸 또 찍은 거야?"

따라 하는 것까진 대강 참고 있었는데.

뒤이은 도영의 말에 유찬은 기겁하며 일어섰다.

"야! 그건 또 언제 찍었어!"

"고마워서… 흐윽."

"차도영! 야, 너 이리 안 와?"

"흐윽……. 무서워서."

망할.

유찬은 속으로 욕을 밀어 넣으며 뒷목을 잡았다.

선우는 혀를 차며 유찬을 강제로 앉혔다.

"포기해. 이미 다 봤어."

"형… 형까지?"

유찬은 해탈한 표정으로 바닥에 털썩 주저앉았다.

'그럼 그렇지.'

저 감동에 홀딱 속아 넘어가면 안 된다.

유찬은 짙은 한숨을 내뱉으며 팬들이 보낸 선물들을 하나씩 풀어 젖히기 시작했다.

처음으로 수많은 이들에게 축하받은 생일.

일상 같던 날이 뜻깊은 추억으로 남아버렸다.

그렇기에 생일이 끝나고 나서도, 유찬은 그 여운을 쉽게 지우지 못했다.

"그렇게 좋아?"

"매니저님?"

입이 귀에 걸린 유찬을 확인한 송준희 매니저가 미소를 지으며 들어왔다.

그의 손에 들린 스케줄표.

"너네 단체로 들어온 일정인데."

"오, 뭐예요?"

컴백 직전이다 보니, 컴백을 알리기 위해 스케줄이 제법 늘고 있던 참이었다. 하지만, 그것과는 다른 의미로 꼭 나가야 할 프로그램이 생겨 버렸다.

"그……. 아세대 출연 제의가 들어왔거든."

"아."

아세대.

풀 네임은 아이돌 세상 체육대회.

추석과 설날 연휴에 방영되는 특별 편성 프로그램이었다.

매년 높은 시청률을 찍는 효자 프로그램에, 웬만한 아이돌들이 모두 나와 이름을 알리는 방송이긴 하지만.

"혁."

"왜?"

"형이 저거 엄청 빡세댔는데."

도영은 걱정스러운 눈길로 입을 열었다.

송준희 매니저는 스케줄표를 내려놓으며 단호하게 말했다.

"나가야 돼. 너네 신인이라서."

"와, 선우 형 운동도 못하는데."

"이걸 왜 날 걸고넘어지실까."

선우는 억울하다는 듯 항변했지만, 자신이 없는 건 다른 멤버들도 마찬가지였다. 새벽 5시부터 대기할 뿐만 아니라, 하루 종일 각종 종목에 참여해야 하는 빡센 스케줄이다.

그뿐인가.

'분량까지 타내려면.'

아예 코믹하게 가든가, 아예 잘해 버려야 한다.

송준희 매니저는 머리를 긁적이며 말을 이었다.

"이날 예정되어 있었던 라디오 프로가 겹쳐서. 그게 빠졌거든."

"네에."

"그러니까, 가서 최선을 다하고 와."

엄청난 시청률을 자랑하는 프로다.

아이돌에 관심을 가지는 주 연령층이 보통 10~20대인 것과는 달리, 아세대는 추석 편성 프로그램이니만큼 거의 전 연령이 보게 된다.

다르게 말하면, 보다 많은 대중들에게 탑보이즈의 인지도를 높일 수 있다는 소리였다.

"잘하자."

반쯤 타의로 나가는 거긴 해도.

상준은 어김없이 열의에 찬 눈빛으로 손을 올렸다.

"그래. 기왕 나가는 거."

상준을 따라 그의 손 위에 차례로 손을 얹는 멤버들.

우렁찬 목소리가 동시에 울려 퍼진다.

"탑보이즈! 탑보이즈! 파이팅!"

*　　　　*　　　　*

"허억… 헉."

그렇게 패기 넘치게 파이팅을 외쳤건만, 아세대 촬영 날이 다가오자 멤버들의 표정은 급격히 굳어졌다.

"선우 형……."

"나도 슬프니까 모른 척해줘."

선우는 멤버들의 예상보다도 훨씬 몸치였다.

아세대뿐만 아니라 모든 체육대회의 꽃이라고 불릴 수 있는 계주.

빨리 달려야 하는 상황 속에서도 선우는 큰 키로 허우적대고 있었다.

"흐음, 다들 잘하겠지?"

"내가 봤을 땐 뭐. 우리 빼고 다……."

"에이, 너무 꿈도 희망도 없는 소린데."

"팩트잖아."

아이돌이라고 다들 처음부터 아이돌 출신만 있던 게 아니다.

운동선수를 하다가 아이돌의 꿈을 품고 온 케이스도 있고, 평상시에도 운동을 즐겨 하는 아이돌도 있다.

문제는, 탑보이즈에는 그런 케이스가 하나도 없었다.

"야, 다들 평상시에 운동 좀 하지."

"나, 나름 열심히 해."

유찬은 해맑게 손을 흔들었다.

하지만, 무슨 운동이냐는 상준의 물음에는 어이없는 대답이 돌아왔다.

"게임. 그거 나름 손가락 운동이야."

"퍽도 대단하다."

상준은 지끈거리는 머리를 짚으며 고개를 돌렸다.

그 순간.

"헉."

도영이 오두방정을 떨며 손으로 유찬을 가리켰다.

"야, 그거면 됐잖아! 왜 이 생각을 못 했지?"

"뭔 소리야, 그게."

도영은 흥분한 얼굴로 제자리에서 방방 뛰었다.

다른 종목에서는 밀리더라도 단 한 종목이라면.

도영은 두 눈을 반짝이며 진지하게 입을 열었다.

"우리가 1등 할 방법이 있네."

*　　　*　　　*

"그게 뭔데?"

운동엔 아무리 봐도 소질이 없어 보이는 탑보이즈가 1위를 거머쥘 수 있는 방법이라니. 자연히 도영에게로 시선이 쏠렸다.

그런데, 도영의 입에서 튀어나온 말은 황당함 그 자체였다.

"E―스포츠."

이번 아세대에 추가된 종목.

바로 E―스포츠다.

그중에서 유명한 몇 개의 게임으로 팀별 경기를 진행한다는 것이 도영이 전해 들은 소리였다.

"으윽."

나름 진지하게 말한 건데 왠지 반응이 떨떠름하다.

도영이 슬쩍 멤버들의 눈치를 보던 순간.

상준은 머리를 긁적이며 회의적인 말을 꺼내놓았다.

"근데 도영아."

"엉."

"우리가 그걸 잘하긴 해?"

"그건……."

도영의 시선이 유찬에게로 향했지만 유찬은 곧바로 시선을 떨구었다.

"나는 모바일에 최적화된 인간이라."

"후우."

생각해 보니 컴퓨터도 없는 숙소에서 컴퓨터게임을 했을 리가 없었다.

도영은 안 되겠다는 듯이 고개를 저으며 일어섰다.

금방 포기할 줄 알았는데.

"연습하러 가자."

"아… 아?"

쓸데없이 이럴 때만 열정이 넘치는 도영이었다.

*　　　　*　　　　*

"딴건 몰라도 이번엔 꼭 이겨야 돼."

조승현 실장의 지원으로 컴퓨터 앞에 앉은 도영의 두 눈은 불타올랐다.

다른 아이돌은 아세대 평계로 게임도 허락받고 한다며 즐거워

하는 모양이었지만, 어쩐지 탑보이즈는 앞뒤가 바뀐 기분이다.

"무조건 이긴다, 내가."

"누구를?"

느닷없이 도영이 열정이 넘쳤던 이유가 있었다.

헤드셋을 내려놓은 도영은 한숨과 함께 말을 뱉었다.

"박강민 알지?"

"아. 그 더블에이 엔터?"

블랙빈과 거의 동시에 데뷔했으니 1년 차 선배라고 볼 수 있었다.

그런데 도영의 살벌한 눈빛을 보니 뭔가 사연이 있는 모양이다.

상준은 의아한 얼굴로 조심스레 물었다.

"걔가 왜?"

"…형이 걔를 만나봤으면 묻지도 않았을 거야."

박강민이 더블에이에서 데뷔하기 전에 있었던 곳이 바로 JS 엔터란다.

도영과 동갑이서인지 허구한 날 싸웠다는 게 유찬의 증언이었다.

유찬도 혀를 내두르며 말을 얹었다.

"걔가 좀 성격이 더럽긴 해."

"그러냐."

"걔가 나 데뷔조 들어갔다고 엄청 시비 걸었었거든."

노력 끝에 데뷔조에 든 도영과는 달리 박강민은 들지 못했다.

그래서 마침내 JS 엔터를 떠나 지금의 엔터에서 데뷔한 거고.

하지만, 그 자격지심 때문에 사소한 거에도 도영을 은근히 무시해 왔다는 게 도영의 설명이었다.

'딱 YH 애들 같네.'

상준도 비슷한 경험이 있었기 때문에 그런 도영의 심정이 퍽 이해가 갔다.

"딴건 몰라도 걔한테 지긴 좀 그렇단 말야."

"그러냐."

"사사건건 시비에 무시까지. 걔가 실장님 없는 데서 날 얼마나 갈궜는지 알아?"

분명 그걸 꼬투리 삼아 무시할 게 뻔하다고 도영은 볼멘소리를 내었다.

상준은 고개를 까닥이며 무심하게 말을 던졌다.

"뭐, 이기면 되지."

"근데… 형."

도영이 심각해진 얼굴로 상준의 팔을 잡았다.

"걔가 좀 잘해."

그냥 잘하는 것도 아니고 거의 랭커 수준이란다.

도영의 이어진 말에도 상준은 담담하게 고개를 들었다.

'랭커든 뭐든.'

이기면 그만이다.

「운동신경의 천재」.

상준은 허공에서 반짝이는 책 한 권을 올려다보며 씨익 미소를 지었다.

'아마 이걸 처음 만든 사람도 예상은 못 했겠지.'

이 재능을.

"와."

"미쳤다, 미쳤어."

"뭔데. 뭐냐고!"

손가락 운동에 쓸 거라곤.

"상준이 형, 이거 처음 한다며……?"

도영은 사색이 된 얼굴로 상준의 플레이를 지켜보고 있었다.

FPS의 대표 게임 서바이벌 그라운드.

줄여서 서그라고 불리는 게임.

100명 중 최종으로 살아남기만 하면 되는 간단한 룰이지만, 그만큼 초보자가 하기엔 조작 방법이 어려웠다.

"무서운걸……?"

예상대로 처음 하는 선우는 조그만 집에 틀어박혀 나가지도 않고 있었다. 무기를 들고 싸우는 게임인데 가만히 박혀만 있으니, 도영은 혀를 내둘렀다.

"아니, 선우 형. 형은 몸만 못 쓰는 게 아니구나."

"…슬프게 좀 하지 마라."

하지만, 마찬가지로 처음 한다던 상준은 선우와는 달리 날아다니고 있었다.

"뭘까."

보이지도 않을 정도로 빠르게 키보드 위를 오고 가는 상준의 손가락. 마우스를 누를 때마다 적을 처치하니 절로 감탄이 나오는 수준이다.

아까까지만 해도 질 것 같다며 처져 있던 도영의 눈빛이 살아나기 시작했다.

"이길 수도 있겠는데?"

박강민.

도영은 그 재수없는 이름을 어쩌면 이길지도 모르겠다는 희망에 사로잡혔다.

진작에 죽어버린 유찬도 상준의 화면에 집중하기 시작했다.

어느덧 10등 안에 들어서 적을 살피고 있는 예리한 눈빛.

"와."

"형 진짜 1등 하는 거 아냐?"

게임을 전혀 모르는 선우와는 달리, 유찬과 도영은 그 실력을 짐작할 수 있었다. 정신없는 손놀림에 타고난 침착함까지.

긴장 따위 없는 여유로운 플레이가 끝나고.

"어, 1등 했네……?"

"……"

"이거 너무 쉬운데."

머리를 긁적이며 일어나는 상준의 얼굴엔 태연함이 가득했다.

마치 심심풀이로 손을 풀고 왔다는 듯한 저 여유로움.

도영은 경악하며 그런 상준을 붙들었다.

"정말 처음 맞아?"

"엉."

상준은 두 눈을 끔뻑이며 곧바로 고개를 끄덕였다.

도영은 반쯤 넋이 나간 듯 덧붙였다.

"뭐지, 저 재능은……?"

* * *

차라리 빨리 와버렸음 싶었던 아세대 촬영 날이 마침내 찾아왔다.

"으어……."

반쯤 좀비가 되어버린 멤버들은 운동장 한가운데에 누워 아우성을 외치고 있었다. 새벽 5시부터 이것저것 준비한 데다가 벌써 세 종목이나 끝마치고 나니 체력은 사실상 바닥이 나버린 상태였다.

그나마 이럴 때 힘이 되는 건.

"탑보이즈! 와아아아!"

소중한 시간을 내어 와준 팬들.

상준은 미소를 지으며 팬들을 향해 손을 흔들었다.

그런 상준을 따라 함성 소리는 한층 더 불타올랐다.

"아욱, 죽겠다."

하지만 팬들의 응원이 무색하게도 아세대 초반부 탑보이즈의 성적은 부진 그 자체였다. 계주와 농구를 후반부에 나가기로 한 상준은 아직까지 출전 경험이 없었고, 앞서 나간 선우는 하는 족족 신나는 흑역사를 만들어냈다.

'도영이랑 유찬이는…….'

어정쩡하게 못했다.

하지만, 넷 중에서도 단연 화제의 장면을 뽑아낸 건 제현이었다.

"야, 이제현."

"혼자 있고 싶어요."

제현은 무릎에 얼굴을 파묻은 채 사색에 잠겨 있었다.

붉게 달아오른 귀를 보니 저도 부끄럽긴 한 모양이었다.

그도 그럴 것이…….

'아?'

'어……?'

'에?'

괴상한 감탄사를 내며 날아오는 축구공을 손으로 잡아버린 제현이다. 본능적으로 날아오는 축구공을 잡았을 뿐이라는 추가 설명이 한층 가관이었지만, 당연히 퇴장되고야 말았다.

"후우."

유찬은 그런 제현을 쓰윽 바라보며 퉁명스레 말을 뱉었다.

"핸드볼이냐?"

"……."

"골키퍼야?"

"말 걸지 마!"

유찬의 타박에 제현은 억울하다는 표정으로 받아쳤다.

"못 산다, 내가."

상준이 못 말린다는 듯이 피식 웃고 있을 때였다.

잠자코 앉아 있던 도영이 급하게 상준을 불렀다.

"형."

툭툭.

자신의 어깨를 치는 도영을 따라 시선이 향한 곳에는.

낯설지 않은 얼굴이 걸어오고 있었다.

"아."

잘나가는 아이돌이라고 부르기엔 애매하지만, 프로그램에서 몇 번 봤던 얼굴.

더블에이 엔터의 보이 그룹, 케이틴의 메인보컬 박강민이다.

날카로운 인상에 싸늘한 분위기만 봐도 단번에 알아볼 수 있을 정도로 인상적인 얼굴이었다.

"세긴 세 보인다."

유찬 역시 고개를 끄덕이며 도영을 돌아보았다.

도영은 멀어지는 박강민의 뒷모습을 뚫어져라 응시하며 손가락을 풀기 시작했다.

'충분히 몸은 풀었고.'

"이제 시작하네."

그들이 그렇게 올인 했던 E—스포츠.

드디어 E—스포츠 종목 시간이 찾아왔다.

"이동하겠습니다."

스태프의 안내에 따라, 도영은 한층 열의를 불태우며 상준의 뒤를 따라나섰다.

"한판이야."

"알지."

"무조건 이겨야 돼."

게임장 내부로 들어서자마자 한눈에 보이는 고급 컴퓨터들.

서바이벌 그라운드에 도전장을 내민 아이돌 그룹은 8팀이다.

그 8팀이 동시에 플레이를 진행하니, 각 팀 중 한 명이라도 가장 끝까지 살아남는 팀이 이기게 된다.

'한판에 걸린 승부.'

연습할 땐 몰랐는데 이것도 나름 긴장이 된다.

상준은 굳은 어깨를 풀어주며 조심스레 자리에 앉았다.

바로 맞은편에 박강민이 앉아 있었다.

"으음."

도영과 박강민의 시선이 허공에서 교차한 순간.

둘 사이에선 묘한 긴장감이 흘렀다.

그런 긴장감을 잠시 풀어줄 힘찬 목소리가 울려 퍼졌다.

"자, 안녕하세요. 여러분!"

"어, 선배님이다!"

반가운 낯빛으로 도영이 가리킨 곳엔 강주원이 서 있었다.

상준은 미소를 지으며 강주원을 향해 돌아앉았다.

"드디어 기대하고 기대하던 E—스포츠 시간인데요!"

보고만 있어도 신난다는 듯이 역동적인 멘트.

확실히 강주원의 진행 실력을 보여주는 부분이었지만, 실제로
도 강주원은 신나 있었다.

"제가 또 서바이벌 그라운드를 좋아해서요. 여러분들 중 1등
이 나온다면, 특별히 제 집으로 초대해서……."

"와아아아!"

"맞다, 강주원 선배님. 이거 마스터랬어."

랭크에 대해 잘 모르는 상준은 멀뚱히 앉아 있을 뿐이었지만.

도영의 말에 따르면 강주원의 실력은 여기서 1등을 하고도 남
을 만큼 수준급이란다.

'좋네.'

딴건 몰라도 강주원의 집 초대권은 끌렸다.

아이돌 출신에 예능까지. 비록 연기엔 소질이 조금 없다 해도,
강주원은 상준이 존경하는 아이돌 선배 중 하나였다.

'다 잘하시니까.'

박강민 때문에 열의에 가득 차 있던 도영과는 달리, 상준 역시 다른 의미로 의지를 불태웠다.

"자, 그러면. 시작하기 전에 인터뷰를……."

쓰윽.

자리에 앉아 있는 아이돌들을 살피던 강주원은 잠시 고민하더니 반대편으로 향했다. 멤버들을 훑던 강주원의 발걸음이 멈춘 곳은 박강민의 앞.

강주원은 마이크를 들이밀며 그에게 질문했다.

"이 게임 잘한다고 들었는데. 1등 할 거 같아요?"

"네, 물론이죠."

자신만만한 투로 답하는 박강민에, 강주원은 탄성을 뱉었다.

괜찮은 그림이 나올 거라 생각한 강주원은 심층 질문을 던졌다.

"그러면 꼭 이기고 싶은 그룹 있어요?"

강주원의 질문에 박강민은 입가에 호선을 그렸다.

어차피 다 이길 거라는 생각이 들긴 하지만, 꼭 하나를 뽑으라면 말할 수 있었다. 박강민의 날카로운 시선이 도영에게로 향했다.

"탑보이즈요."

"오호, 탑보이즈!"

강주원은 두 눈을 반짝이며 바로 탑보이즈 쪽으로 걸어왔다.

"탑보이즈는 어떻게 생각해요?"

"후우."

박강민의 도발을 들을 도영의 두 눈이 불타올랐다.

"이야, 애들 불타오르네."

"둘이 친한가 봐."

"그런가 본데?"

방청석에서 착각 어린 말들이 쏟아졌다.

겉으로 보기엔 승부욕을 불태우는 두 동갑내기 친구들이겠지만, 실상은 전혀 다르다.

가만히 앉아서 이를 갈고 있는 둘을 바라보며 상준은 피식 웃었다.

"이거, 이거."

'내가 또 도와줘야지.'

동생이 저러고 있는데 가만히 있을 수는 없다.

그와 별개로.

"……."

박강민 저 녀석의 눈빛이 영 마음에 안 들기도 하고.

'네가 뭘 할 줄 아는데? 너 얼굴 때문에 버티고 있는 거 아냐?'

'춤도 못해, 노래도 못해. 하다 하다 실수까지 하냐? 월말 평가에서?'

사소한 걸로도 물어뜯고, 시비를 걸어왔던 YH 엔터의 연습생들.

그들이 건넸던 말이 문득 머릿속에서 겹쳐졌기 때문이었다.

그렇기에 더욱 밀리고 싶지 않아졌다.

"잘할 수 있지?"

도영의 물음에 상준은 단번에 고개를 끄덕였다.

"당연하지."

담담한 한마디와 함께.

상준의 손이 키보드 위에 놓였다.

도영이 연습 때 봤었던 화려한 손놀림.

그건 실전 때도 여전히 이어졌다.

"와."

"뭐죠, 이 친구?"

중계를 하던 강주원도 놀란 얼굴로 고개를 들었다.

마우스와 키보드를 번갈아 날다시피 움직이는 손.

상준은 화면에 시선을 고정한 채 능숙하게 게임을 진행했다.

'나름 연습했단 말이지.'

「운동신경의 천재」

?: 47,559/100,000

거의 절반만큼이나 할당량을 채우게 해준 건, 특별히 다른 운동이 아니었다.

'손가락 운동.'

남들이 들으면 비웃을 소리긴 하다만, 반쯤은 맞는 소리였다.

거기에 더해진 수많은 운동신경들.

'사운드.'

발소리 하나하나에 정신을 집중한 상준은 침착하게 필요한 무기들을 챙기고 있었다. 한편, 선우는 여전히 허우적대고 있었다.

"상준아, 같이 가……."

"그, 그래."

"나를 내버려 두지 말아줘."

저 애절함은 이루 말할 수가 없다.

선우의 말 한마디에 방청석에서 웃음이 튀어나왔다.

"가지 마, 가지 마!"

"아, 선우 형. 제발."

유찬이 탄식과 함께 빠르게 마우스 커서를 눌렀다.

그래도 나름 대회랍시고 연습했던 선우다.

선우는 가만히 앉아서 고민하더니 옆자리의 도영에게 물었다.

"도영아, 네가 말해준 총이 안 보여. 어떡해?"

"아, 형."

나름 필요한 총들은 외워 왔다고 생각했는데 보이질 않으니 사색이 된 선우였다. 도영은 다급히 키보드를 누르며 선우에게 물었다.

"지금 총이 뭔데!"

"권총!"

"아, 뭔데 당당해!"

그마저도 해맑게 말하던 선우는 마침내 마음을 비웠다.

"도영아, 형은 숨어 있을게."

"아니, 진짜."

"형은 아직 세상이 무서워."

꾸물꾸물.

조그만 집 안에 들어가서 엎드려 있는 선우를 본 유찬의 얼굴에 미묘한 빛이 서렸다.

'그냥 포기하자.'

어차피 믿고 있는 구석은 상준이다.

침착하게 필요한 물건을 다 갖춘 상준은 예리한 눈길로 사방을 살폈다.

그런 상준의 눈에 들어온 한 형체.

철컥.

"와아아아!"

상대를 한 방에 보내 버리는 상준의 실력을 확인한 방청석에서 다시금 감탄이 튀어나왔다.

"뭔데, 뭔데. 왜 이렇게 잘하는데!"

선우 때문에 축 처져 있던 도영은 신이 나서 마우스를 딸깍거렸다.

건너편에 앉아 있던 익숙한 얼굴이 한숨을 내뱉으며 일어났다.

왠지 익숙한 얼굴.

"하아, 상준이 저거."

"미안하다."

드림스트릿의 리더, 태헌이다.

가장 먼저 죽어버린 태헌은 시무룩해진 얼굴로 빠져나갔다.

"이야, 친구를 가장 먼저 죽여 버리는구나."

"진정한 우정이지."

상준은 고개를 끄덕이며 흐뭇한 미소를 지어 보였다.

이제 상준의 타깃은 한 명뿐이다.

상준은 박강민을 힐끗 돌아보았다.

'어디 있으려나.'

상대적으로 고지형을 선점하고 있는 상준이 유리하다.

"대박이다. 대박."

"미쳤는데, 혼자서?"

예상대로 상준은 혼자서 여럿을 쓸어버렸다.

게임에 일가견이 있는 강주원이 봐도 엄청난 실력.

'원래 저렇게 잘했었나.'

강주원은 거듭 감탄하며 박강민의 뒤로 갔다.

상준이 혼자서 11킬을 하는 동안, 이쪽도 거의 8킬을 해버렸다.

막상막하의 실력에, 강주원은 흥미진진하다는 듯 팔짱을 꼈다.

그 순간.

"아아악, 살려주세요!"

혼자 집에 쭈그러 있었던 선우가 비명을 지르며 저세상 열차를 탔고, 도영은 몇 명을 죽이고선 신이 나서 외치고 있었다.

"와아아아! 머리 땄다! 머리 땄……."

"야, 이미지 관리 좀……."

아이돌의 입에서 해맑게 나올 소리라니.

흥분한 도영의 입을 선우가 간신히 틀어막았다.

송준희 매니저는 사색이 된 얼굴로 PD에게 달려갔다.

"편집해 주세요! 편집!"

"아, 네네."

상준의 남다른 플레이 실력과 도영과 유찬의 적절한 도움 덕에 탑보이즈는 오늘 아세대 경기 최초로 선방하고 있었다.

하지만, 그것도 오래가지 않았다.

"형, 형! 도와줘!"

"아니, 잠깐만. 너무 어려운데?"

그나마 좀 선방하던 유찬과 도영마저 죽어버렸다.

하지만 게임은 다행히도 막바지에 다다라 있었다.

어느새 100명이던 인원은 네 명이 되어버렸으니, 상준은 침착하게 바닥에 엎드렸다.

"후우."

"형, 이길 수 있겠어?"

「운동신경의 천재」.

이거라면 가능성이 없다고 볼 수는 없다.

'박강민 저 녀석이 아무리 잘한다고 해도…….'

최소한 밀리지는 않을 자신이 있으니까.

집중력.

상준은 냉철한 시선으로 사방을 훑어보았다.

'안 보이는데.'

총 네 명이 팀이 되어 플레이하는 스쿼드 게임인 만큼, 혼자 남은 상준이 불리할 수밖에 없다.

'남은 애들끼리 좀 싸워줘야 하는데.'

하지만, 그런 상준의 바람이 무색하게도.

좋지 않은 소식이 들려왔다.

도영이 다급히 상준의 어깨를 치며 말했다.

"형, 저쪽 팀이 전부라는데?"

"뭐?"

강주원은 안타깝다는 듯 입을 열었다.

"아, 1 대 3으로 경기가 진행되고 있고요. 사실상 탑보이즈 팀이 많이 불리한 상태입니다. 과연 경기가 어떤 식으로 진행될지, 막바지로 흘러가고 있습니다!"

'이기겠네.'

정면을 바라보니 박강민이 여유로운 미소를 지으며 웃고 있다.

상준은 손목을 돌리며 그런 박강민을 유심히 바라보았다.

"하."

저러고 있으니 더 이기고 싶다.

"형, 꼭 이겨. 알았지? 알았지?"

간절한 얼굴로 옆에서 오두방정을 떠는 도영을 위해서라도.

점점 좁아지는 원 안에 들어간 상준은 바닥에 엎드린 채 기회를 살폈다.

"야, 그냥 들어가."

이미 기세는 자신들의 쪽에 기울었다는 듯이 깔깔대는 박강민.

그의 한마디에 케이틴의 멤버 한 명이 당당하게 뛰어들었다.

'저기네.'

조준력.

상준은 사격선수가 된 것처럼 비장한 얼굴로 마우스를 잡았다.

그렇게 상준이 날린 회심의 일격.

탕.

"어?"

"뭐야, 뭐야."

"어떻게 된 건데."

기절한 상태에서 이어지는 또 한 번의 총소리.

탕.

"나 죽었는데?"

가만히 서 있던 것도 아니고, 초원을 활보하며 달리다 한 방에 죽었으니. 방청석에서도 탄성이 튀어나왔다.

"야, 다들 정신 차려."

어느새 1 대 2가 되어버린 상황에, 박강민은 당황한 얼굴로 마우스를 붙들었다. 이미 저쪽의 평정심은 깨진 지 오래다.

상준은 미소를 지으며 박강민을 바라보았다.

강주원은 흥분한 목소리로 진행을 이었다.

"아니, 이거 잘하면 탑보이즈가 이길 수도 있겠어요. 나상준 선수가 아주 잘해주고 있는데요. 아직 서로의 위치는 모르고 있는 것 같습니다."

하지만, 상준은 알았다.

'저기겠지.'

아까 상준이 처단한 멤버가 저쪽에서 튀어나왔고.

뒤쪽에선 상준이 걸어 들어왔으니 가능한 동선은 하나밖에 없다.

판단력.

상준은 빠른 판단을 마치고서 천천히 이동했다. 여전히 수적으로는 열세인 상황. 하지만, 밀어붙인다면 충분히 이길 수 있다.

민첩한 상준의 움직임이 정확히 예상했던 곳을 향하고, 상준은 한 번에 방아쇠를 당겼다.

"나상준 선수, 1킬 추가! 이제는 일대일 상황!"

"어……?"

당황한 박강민의 빠른 발소리가 바로 뒤에서 들린다.

타다당.

다급하게 울려 퍼지는 소리와 동시에.

순발력.

「운동신경의 천재」의 민첩한 대처가 이어진다.

당황하지 않고 정확히 박강민을 맞혀 버린 상준의 놀라운 에임.

그와 동시에 게임의 종료를 알리는 소리가 울려 퍼졌다.

"와아아아!"

"뭘 본 거지? 뭘 본 거야?"

당연히 수적으로 열세일 거라고 생각했던 경기.

탈락한 그룹들도 경악하며 자리에서 일어섰다.

"서바이벌 그라운드 E—스포츠 경기! 탑보이즈가 1등을 거머쥡니다! 짜릿한 역전승입니다, 여러분!"

"와아아악! 상준이 형!"

도영은 두 팔을 흔들어대며 함성을 외쳤다.

딴건 몰라도 박강민을 단번에 이겨 버리다니. 그동안 쌓였던 감정이 순식간에 쓸려 나가는 통쾌한 느낌마저 든다.

"뭐야, 왜 이렇게 잘해."

"내 말이, 진짜."

혼자서 14킬을 해버린 엄청난 실력.

다들 나름 내로라하는 아이돌 멤버들이 참여한 대회에서 이 정도의 성적을 내기란 쉬운 일이 아니었다.

강주원은 넋이 나간 얼굴로 중계대에서 내려왔다.

"아세대에서 이런 경기는 처음 보는데."

"선배님, 대박이죠. 크으, 봐봐. 다 이긴다니까요."

도영은 콧노래까지 흥얼거리며 잔뜩 신나 있었다.

강주원은 엄지손가락을 치켜올리며 흐뭇한 미소를 지어 보였다.

"그러네. 다음에 우리 집 와."

"아, 물론이죠!"

"부르시면 바로 갈게요."

온통 상준에게 쏠린 관심.

'이건 이길 줄 알았는데.'

가장 강력한 우승 후보로 꼽혔던 박강민은 싸늘해진 얼굴로 고개를 숙였다.

"후우."

"자, 다시 이동할게요!"

카메라가 꺼지고 원래의 장소로 이동하려던 순간.

"……"

툭.

"뭐야?"

박강민은 싸늘해진 얼굴로 상준의 어깨를 치고선 가버렸다.

＊　　　＊　　　＊

"후우."

상준의 입장에서도 다시 마주치고 싶진 않았지만, 유감스럽게도 곧바로 이어진 농구 경기에서조차 저 녀석을 만나 버렸다.

"잘 부탁드립니다."

상호 간의 경례를 마친 순간, 페어플레이를 약속하던 말과는 별개로 살벌한 박강민의 시선이 닿았다.

서바이벌 그라운드에서 패배한 게 큰 충격이었던 모양이다.

'어차피 서그는 이겼으니까.'

상준의 목표는 E—스포츠에서 1등을 하는 것이었고, 이미 그걸 성취해 버렸으니 별다른 욕심은 없었다.

상준은 여유로운 미소를 지으며 뒤로 물러섰다.

삐이익.

하지만 휘슬 소리가 울려 퍼지자 태연하던 상준의 눈빛 역시 180도로 바뀌었다.

1등을 하지 못하더라도 최선을 다한다.

"하아… 하."

그게 신념이나만큼, 상준은 순식간에 농구코트를 가르기 시작했다.

"뭐, 뭐야."

상준이 따로 멤버들 앞에서 농구 연습을 하는 걸 보여준 적이 없었기에, 멤버들 역시 상준의 실력을 보는 건 처음이었다.

하지만, 상준이 하고많은 경기 중에 굳이 농구를 나간 이유가 있었다.

'원래 좀 하니까.'

상준은 미소를 지으며 온탑이 있는 쪽으로 손을 흔들었다.

하지만, 공을 움켜쥔 순간 누구보다도 민첩하게 움직이는 상준.

원래 있던 실력에 재능이 더해지자.

상준의 예상보다도 훨씬 더 날아오르기 시작했다.

'가벼운데?'

움직일 때 티 나게 몸이 가벼워지는 게 느껴진다.

상준은 수비수를 날카롭게 파고들어 손에 쥔 농구공을 던졌다.

정확히 골대를 향하는 공.

"와아아아!"

"탑보이즈! 탑보이즈!"

그와 동시에 온탑의 응원 소리가 한층 거세진다.

"와."

그렇게 한참을 뛰었을까.

상준은 전광판을 확인하며 미소를 지었다.

볼 것도 없이 확실한 차이로 이겨 버린 경기.

상준의 시선이 박강민에게 닿았다.

"……."

박강민은 눈에 띄는 경기를 한 번도 펼치질 못했다.

E—스포츠에서는 그나마 날뛰던 그도 농구에는 영 소질이 없었다.

단 한 골도 넣지 못하고 무너져 버린 박강민.

"후."

입술을 내민 채 상준을 의식하고 있는 눈길에, 상준은 미소를 지으며 돌아섰다.

"와, 농구도 잘하더라."

상준이 돌아오자마자 신나서 몰려드는 탑보이즈 멤버들.

제현은 제가 다 뿌듯하다는 얼굴로 막대 사탕을 내밀었다.

"선물."

"아이고, 감사합니다."

상준은 너털웃음을 터뜨리며 제현이 내민 막대 사탕을 받아 들었다.

입안에 달콤한 향이 돌자마자 확실히 당 충전이 되는 기분이다.

송준희 매니저도 들뜬 얼굴로 상준의 어깨를 툭툭 쳤다.

"오늘 다들 대박이던데. 서그도 1등 하고, 농구까지."

"에이, 저희가 원래 좀 대박이죠."

"허허. 언제부터?"

"아시잖아요!"

도영이 어깨를 으쓱이며 엄지손가락을 치켜세웠다.

송준희 매니저는 너털웃음을 터뜨리며 도영의 말에 고개를 끄덕였다.

그 순간, 들뜬 얼굴로 앉아 있던 선우가 입을 열었다.

"아, 근데 우리 중요한 날 하나 더 있잖아."

새벽 5시부터 저녁에 가까워진 시간까지.

하루 종일 열과 성을 다해 진행되었던 아세대 촬영이다.

그런데 또 중요한 일이 있다니.

상준은 의아한 낯빛으로 시선을 돌렸다.

"뭔데?"

도영의 물음에 선우는 비장한 얼굴로 입을 열었다.

"가장 중요한 스케줄."

"그니까 그게 뭔데."

"9월 28일."

내일모레. 선우의 입에서 날짜가 흘러나온 순간, 멤버들의 눈이 동시에 반짝였다.

그날이라면.

"중요한 날이지."

상준은 미소를 지으며 고개를 끄덕였다.

제4장

컴백

9월 28일.

남들에겐 평범하게 스쳐 지나갈 날일지 몰라도 탑보이즈에겐 아니었다.

"와아아아악!"

"안녕하세요, 온탑 여러분."

"예에에에."

"다들 가만히 좀 있어봐!"

이미 최대치로 끌어올린 텐션.

도영은 뱅뱅 돌다가 괴성과 함께 옆으로 쓰러졌다.

그나마 온전한 정신을 가지고 있는 건 상준과 선우뿐.

"자, 여러분!"

상준은 손뼉을 치며 이목을 집중시켰다.

그와 동시에 실시간 댓글들이 쏟아지기 시작했다.

—얘들아 축하해 ㅠㅠㅠㅠㅠ
—와아아아아
—텐션 봐 ㅋㅋㅋㅋㅋㅋㅋㅋㅋ
—100일! 100일! 100일!
—200일, 300일, 아니 10년까지 가자 ㅠㅠ

그랬다.

꿈만 같았던 데뷔가 어느덧 100일째 되는 날.

상준은 감격한 얼굴로 마이크를 붙들었다.

"데뷔 기념! 100일! 유이앱입니다!"

"소리 질러어어… 커억."

지나친 텐션으로 함성을 내지르던 도영은 사례가 들린 채 바닥에 고꾸라졌다.

그런 도영에게 혀를 차는 유찬.

"아, 맞다."

발끈하면서 일어날 줄 알았건만.

도영은 오히려 유찬을 힐끗 보고선 입을 열었다.

"여러분, 얼마 전에 유찬이 생일일 때……."

"야, 야!"

역시 그냥 넘어갈 리가 없다.

도영의 한마디에 다른 멤버들의 눈도 동시에 반짝이기 시작했다.

생일날 팬들이 보낸 편지에 감격한 나머지 눈물을 쏟아냈던 유찬이다.

'그 순수한 감동을……'

어김없이 파괴해 버리는 해맑은 도영이었다.

도영은 적극적으로 앞에 나서서 갤러리를 뒤지기 시작했다.

"쓰읍, 그때 영상 있거든요."

"지워, 지우라고!"

"이 귀한 걸 저만 볼 수는 없어서."

싱긋 웃어 보이는 도영에 제현 역시 신난 얼굴로 거들었다.

이럴 때 말려야 하는 리더 선우조차 흐뭇한 미소를 짓더니 입을 열었다.

"내가 유찬이 붙들어둘까?"

"아아아악!"

"나도 잡아둔다."

선우의 말이 끝나기 무섭게 상준 역시 유찬의 팔을 붙들었다.

"차도영! 틀지 말라고!"

하지만, 그런 유찬의 외침이 무색하게도 도영은 당당하게 영상을 틀어버렸다.

'고마워서… 흐윽. 행복해서……'

데뷔까지 온 험난한 여정을 떠올리며 저도 모르게 흘러나왔던 눈물.

유찬은 해탈한 표정으로 바닥에 축 처졌다.

그런 유찬을 보며 멤버들은 단체로 정신없이 웃어댔다.

그런데.

'뭐지?'

그 와중에도 세상 진지해 보이는 선우의 얼굴.

빤히 화면을 바라보던 선우는 갑자기 고개를 푹 숙였다.

"아, 진짜 너무 웃긴… 선우 형?"

"형은 또 왜 그래?"

오늘이 하필 데뷔 100일째라서 그랬을까.

"크흡……."

가만히 팬들의 댓글을 읽던 선우는 저도 모르게 왈칵 눈물을
흘렸다.

—아니, 선우는 또 왜 우는 거야!!

—애들아 ㅠㅠㅠ 맘찢…….

—힘들었나 봐 ㅠㅠ

"저는 안 울었어요……."

뒤늦게 고개를 든 채 해명하는 선우지만 이미 눈은 반쯤 충혈
된 상태다. 도영은 멍한 눈으로 선우를 빤히 바라보았다.

"이 형, 감수성이 아주 풍부하구나."

"…놀리지 마."

아까까지만 해도 부끄러워서 숨어들려 했던 유찬은 이때다
싶었는지 선우를 물고 늘어졌다.

"선우 형이 좀 감수성이 풍부해요. 마치 저처럼."

"이걸 묻어가네."

"둘 다 조용히 해!"

선우는 급하게 옷소매로 눈물을 닦아내고선 두 팔을 휘저었다.

그 와중에 팬들의 댓글을 살피던 도영이 선우의 어깨를 툭툭 쳤다.

"이야, 어떤 팬분이 댓글 달아주셨어요. 선우 형이 천사래요. 착해서 눈물이 많다고. 아니, 이 두 개가 무슨 상관관계죠?"

"그러게요."

콩깍지가 제대로 씐 팬에 도영과 상준은 회의적인 반응을 보였지만.

선우는 한층 들뜬 목소리로 말을 얹었다.

"이거 댓글 쓰신 분 어떻게 아셨어요? 이거 극비거든요. 제가 하늘에서 내려온 거. 크으, 뭘 아시는 분이네"

"아, 이거 맞아요."

유찬이 곧바로 고개를 끄덕였다.

"어?"

선우는 느닷없는 유찬의 인정에 감동한 얼굴로 그를 바라보았다.

이렇게 바로 자신의 말을 받아줄 줄이야.

그런데.

"타락 천사라고……"

"…야."

"천사는 천사… 아악!"

"카메라 좀 꺼주실래요."

역시 한국말은 끝까지 들어야 한다.

뒤에서 울려 퍼지는 아우성에 상준은 혀를 차며 앞으로 나섰다.

"저희 그러지 말고 촛불부터 끕시다."

"다들 모이세요."

"와아아악!"

"아, 좀 조용히 하라고."

오늘마저도 참으로 평화로운 탑보이즈.

우당탕탕.

빠른 촛불 소등식과 함께, 멤버들은 다시 자리를 잡았다.

사실 오늘이 데뷔 100일 기념식이기도 했지만, 팬들의 관심이 가장 쏠려 있는 건 따로 있었다.

바로, 얼마 남지 않은 컴백.

"스포 좀 해달라고 하시는데."

"허억."

컴백 티저 영상이 하나씩 풀리고 있는 상황이다.

기껏해야 몇 초밖에 안 되는 음원의 배경음만 나오는 중이니, 팬들도 애가 탈 수밖에 없었다.

"음."

하지만, 유이앱 직전에 조승현 실장이 강조했던 한마디.

'너네 100일이라 신난다고 다 스포하면 안 된다.'

'에이, 저희가 초짜도 아니고.'

'초짜잖아.'

조승현 실장의 팩폭과 함께 덧붙였던 한마디.

'괜히 이상하게 흘리지 말고 차라리 하지를 마!'

하지만, 그 말을 그대로 받아들일 멤버들이 아니었다.

"아이, 저희가 또 이런 좋은 날에 스포를 안 할 수가……."

조승현 실장도 어느 정도 예상했던 바였겠지만, 도영이 가장 먼저 해맑게 입을 열었다.

그나마 정신 줄을 잡고 있는 선우가 다급한 표정으로 도영의 옆구리를 찔렀다.

"절대 안 돼."

"살짝. 사알짝."

"맞아, 그 정도는 할 수도 있지. 어! 지금 온탑분들이 기다리시잖아."

거기에 단호한 유찬의 말까지 더해지니, 선우의 동공이 빠르게 흔들리기 시작했다.

"지금 온탑분들이 이렇게 원하시는데."

"어… 음."

"어떻게 형이 그럴 수가 있어!"

—맞아 선우야 ㅠㅠㅠㅠ

—선우야……. 나는 스포 보고 싶어

—흑흑. 고려해 주시옵소서

—살짝. 살짝만 가자 ㄱㄱㄱㄱㄱ

팬들마저 저렇게 말하니 선우의 머릿속이 복잡해졌다.

잠시 고민하던 상준은 이미 생각을 마친 뒤였다.

"하죠."

"와우, 난 몰라."

상준은 두 눈을 반짝이며 자리에서 일어섰다.

스포를 하는 김에 쓸데없이 열의를 불태우는 상준이다.

"뭐부터 보여 드릴까요? 춤, 노래, 뮤비."

—와아아아아ㅇ

—아니 얘들아 ㅋㅋㅋㅋㅋ

—그거 다 보여줘도 돼????

—덕질 인생, 이렇게 당당한 그룹은 처음이다

—허락받은 거야??

당연히 허락받았을 리가 없다.

선우는 다급히 상준의 입을 틀어막았다.

하지만, 그러면 뭐 하는가.

"저 위로 올라가 보려 해~"

"예에에."

제 목소리에 심취한 채 노래를 부르는 도영과, 막대 사탕을 야광봉 삼아 흔들며 코러스를 넣는 제현.

허공에 손을 뻗으며 하이라이트 안무를 펼치고 있는 유찬까지.

—ㅋㅋㅋㅋㅋㅋㅋㅋㅋㅋㅋㅋ

—설마 이거 진짜야?

—애들 대놓고 노래 부르는데???????

—유찬이는 춤도 추는데요 ㅋㅋㅋㅋㅋㅋㅋ

　이렇게 대놓고 컴백 타이틀곡을 스포하는 아이돌은 없었다.

　선우의 안색이 창백히 질려가는데도, 그의 손아귀에서 벗어난 상준은 마이크를 쥐었다.

　"그럼 저는 뮤비를 사알짝."

　"뭘 살짝이야."

　"여러분."

　선우의 강력한 항의에도 불구하고, 상준은 부드러운 미소를 지어 보였다.

　조승현 실장이 알면 뒷목 잡을 소리지만.

　이미 시작한 멤버들의 폭주는 멈출 새를 안 보였다.

　"여러분, 탑이 있어요."

　"안 돼. 상준아, 그것만은……."

　딴것도 아니고 뮤비의 하이라이트 세계관을 당당히 공개하려는 상준.

　손사래 치는 선우를 막아선 채 상준은 고개를 까닥였다.

　"다보탑 아니고요, 온탑 아니고요. 탑이 있는데요."

　—뭔 드립이야 ㅋㅋㅋㅋㅋㅋㅋㅋ

　—아니, 진짜 탑이 나오나 봐

　—아낌없이 스포하는 탑보이즈 ㅋㅋㅋㅋㅋㅋㅋㅋ

　"탑이 있는데……."

"저 위로 올라가 보려 해—"

타이밍 맞게 부르는 도영의 파트에 댓글창은 이미 난장판이 되었다.

상준은 도영을 향해 엄지손가락을 치켜올리고선 화면을 돌아보았다.

"저희는 방송 종료 할게요."

"실장님 오시기 전에 튀어야 해요."

"여러분, 살아서 봐요!"

흔들흔들.

뒤에서 손을 단체로 흔들어대는 멤버들을 끝으로.

"와아아아, 감사합니다!"

"예에에!"

데뷔 100일 기념 유이앱은 끝이 났다.

"허억……."

"다들 미쳤어……?"

선우는 넋이 나간 얼굴로 헉헉대는 멤버들을 돌아보았다.

가장 먼저 난리를 친 도영은 그제야 슬쩍 눈치를 살폈다.

숙소에서 멤버들끼리 진행했던 첫 유이앱.

송준희 매니저는 머리를 긁적이며 시선을 피했다.

"나는 몰라, 얘들아."

"뭘 몰라요, 매니저님도 운명 공동체예요."

"…도망가련다."

도영은 다급히 송준희 매니저를 공범으로 만들려 했지만 반응을 보아하니 글러먹었다.

"걱정은 좀 되냐?"

그렇게 말렸는데도 듣질 않는다.

선우는 한숨을 내쉬며 털썩 주저앉았다.

도영은 머리를 긁적이며 대수롭지 않다는 듯 손사래를 쳤다.

"에이, 근데 이 정도는 진짜 조금 보여줬잖아."

"대체 어떤 부분이 조금인 건데?"

"크흠."

선우의 지적에는 도영도 할 말이 없었다.

"난 진짜 모르겠다. 혼날 거 같은데."

정신없는 방송에 단체로 넋이 나가 있을 무렵.

"어?"

띠리링.

갑자기 상준의 주머니에서 휴대전화가 울려 퍼졌다.

"와, 미쳤다."

"어떡해. 어떡해."

조승현 실장이 유이앱이 끝나자마자 연락이 온 건 아닐까.

도영은 그제야 창백해진 얼굴로 소파 위에 몸을 던졌다.

제현 역시 들고 있던 막대 사탕을 떨어뜨렸다.

"난, 나는… 코러스만 넣었어."

"야광봉도 흔들었잖아."

"이건 먹으려고 흔든 거야."

제현의 말도 안 되는 변명을 들으며 상준은 침을 삼켰다.

도영만큼은 아니더라도 뮤비의 하이라이트 파트를 술술 분건 다름 아닌 자신이었다.

'망했는데.'

그렇게 말하지 말라고 신신당부를 했건만.

하지만, 어쩔 수 없었다.

모름지기 컴백은 스포가 미덕인 걸.

'이렇게 대놓고 할 줄은 몰랐겠지만.'

크흠.

상준은 머릿속으로 변명을 떠올리며, 주머니에서 조심스레 휴대전화를 꺼내 들었다.

띠링. 띠리링.

쉴 새 없이 울려 퍼지던 휴대전화.

그 발신인이 당연히 조승현 실장일 줄 알았던 상준은 두 눈을 크게 떴다.

"어? 실장님 아닌데?"

"와아아! 살았다!"

휴대전화 상단에 박혀 있는 친숙하지 않은 이름.

이은영 작가.

"이분이 왜… 전화하신 거지?"

대화를 나눈 뒤에 잠깐 연락처를 주고받은 적은 있었다.

하지만, 조승현 실장도 아니고 바로 자신을 통해 직접 연락이 올 줄이야.

그것도 데뷔한 지 100일밖에 안 된 신인에게.

"여보세요?"

상준은 떨리는 목소리로 전화를 받았다.

─어, 나예요.

하이톤의 목소리가 답으로 돌아왔다.

평범한 대답일 뿐인데도 카리스마가 느껴지는 기분.

역시 이은영 작가다.

"무슨 일로 전화 주신 건가요?"

어차피 영상통화도 아닌데, 절로 공손해지게 만드는 목소리다.

상준은 두 손으로 휴대전화를 움켜쥔 채 조심스레 물었다.

─아, 유이앱 잘 봤어요.

"네······?"

하지만, 이어진 이은영 작가의 말은 한층 더 충격이었다.

다른 예능프로그램도 아니고, 신인 아이돌의 유이앱 생방송을 봤다니.

상준은 경악하며 자리에 앉았다.

"보, 보고 계셨어요?"

─네. 재밌던데요.

"아."

감정이 들어가지 않은 듯한 무미건조한 목소리였지만.

이은영 작가는 나름대로 감정을 쏟아부은 상태였다.

그렇게 해서라도 붙잡고 싶은 게 하나 있었으니까.

─다름이 아니라.

이은영 작가의 침착한 목소리가 뒤를 이었다.

유이앱을 잘 봤다는 인사치레를 하러 전화를 걸었을 그녀는 아니다.

본론으로 들어가려는 그녀의 말 한마디에 상준은 침을 삼키며 고개를 끄덕였다.

'무슨 부탁일까.'

상준이 머릿속으로 이어질 말을 예상하는 동안.

잠시 망설이던 이은영 작가가 천천히 입을 뗐다.

―제안할 게 하나 있어요.

*　　　　　*　　　　　*

"제안… 이요?"

상준은 두 눈을 끔뻑이며 되물었다.

이은영 작가가 그때 자신을 좋게 본 것쯤은 대강 알고 있었다.

하지만, 이렇게 자신에게 직접 제안이 들어올 거라고는 예상하지 못했던 바였다.

―네, 제안이요.

이은영 작가는 상준의 말에 곧바로 대답했다.

「흉부외과―기억의 시간」.

현재 4화까지 방영된 이 드라마는 사실상 이은영 작가의 시청률을 따라잡으려 하고 있었다.

무려 20프로대를 꾸준히 유지하고 있던 이은영 작가의 드라마는 어느덧 10프로대 후반으로 떨어졌고, 「흉부외과」는 15프로대를 넘어선 상황이었다.

'그것도 4화에.'

이대로 가면 충분히 이은영 작가의 시청률을 따라잡을 터였다.

실제로 기자들도 관련하여 자극적인 기사들을 쏟아내고 있었고.

「TBN의 '흉부외과' 이은영 작가의 신작 따라잡나」

「치솟고 있는 시청률, '흉부외과'의 매력은?」

「이은영 작가 vs 케이블의 저력, 과연 최종 승자는?」

그렇다고 해서 결코 이은영 작가의 신작이 나쁜 성적이 아님에도, 사방에서 쏟아지는 물 타기 댓글들은 충분히 그녀의 자존심을 상하게 했다.

하지만, 가장 큰 타격을 주는 사실은 따로 있었다.

이은영 작가의 드라마가 공중파 편성이라면,「흉부외과」는 엄연한 케이블방송이다. 아무리 케이블 설치 세대가 늘었다고 하더라도 처음부터 스타트가 다른 셈이다.

작가의 네임, 그리고 초반부터 기세를 잡아가던 분위기까지 생각한다면.

입소문을 타고 이렇게 역전을 노리는 경우는 흔치 않았다.

'말도 안 돼.'

그렇기에 더 초조해졌던 이은영 작가였다.

하지만, 그녀는 누가 뭐래도 명실상부 프로 작가였다.

'뭐가 문제일까.'

자존심 때문에 쳐다도 보지 않았던 경쟁사의 드라마를 고집을 버리고 꺼내 들었으니까.

'흔한 소재. 뻔한 전개.'

사실 소재도 전개도 그녀의 눈에 들어오는 부분은 딱히 없었다.

대놓고 뻔한 흐름을 타고 가진 않지만, 절대 참신함이 돋보이는 전개는 아니었다. 사람들이 편하게 볼 수 있는 무난무난한 전개 그 자체였으니까.

하지만, 하나는 달랐다.

'캐릭터.'

캐릭터 하나하나에 담겨 있는 사연들.

그 사연들이 대중들의 마음을 사로잡았다.

하지만, 캐릭터를 중시하는 드라마일수록 한층 더 중요해지는 게 있었다.

바로 그 캐릭터를 담아내는 배우의 연기력.

'황민철인가.'

처음에는 이은영 작가도 그렇게 생각했었다.

대배우 황민철.

그의 연기라면 충분히 대중들을 몰입하게 할 수 있었을 테니까.

물론 황민철은 그녀의 기대에 부합하는 배우였다.

하지만.

「흉부외과」의 1화를 모두 돌려 본 순간, 이은영 작가는 깨달아 버렸다.

황민철의 네임으로 끌고 온 드라마라고 굳게 믿었는데, 실상은 아니라는 걸.

'너무 신선해.'

기존 드라마에서 얼굴을 비치지 않았던 상준이다.

그런 뉴페이스가 연기마저 잘하니 사람들의 시선이 쏠릴 수밖에 없었다.

'전 항상, 주어진 것에 최선을 다합니다.'

더욱이 자신의 앞에서 밀리지 않았던 그 패기까지.

생각하면 생각할수록 마음이 끌리는 배우다.

이은영 작가는 적극적으로 말을 뱉었다.

"연기 더 해보고 싶지 않아요?"

"…네?"

아직 「흉부외과—기억의 시간」 촬영이 끝나지 않았다.

게다가 컴백 시기까지 겹친 상황에서 드라마 촬영을 더 하는 건 사실상 무리다.

'진짜 드라마 제의인가.'

물론 스타 작가인 그녀의 작품에 조연이라도 자리가 난다면 들어가는 게 맞다.

하지만.

'지금은 바쁜데.'

아니, 바빠도 너무 바쁘다.

─드라마 하나 준비 중이라.

"아……."

─곧바로 들어갈 예정이거든요. 이거 준비하면서 챙겨둔 거라.

상준은 머쓱한 미소를 지으며 머리를 긁적였다.

다른 사람도 아니고 이은영 작가의 제안을 거절하고 싶진 않았지만 현실적인 문제가 먼저였으니까.

"제가 현재는 드라마 촬영을 할 수가 없어서."

─주연이에요.

"…네?"

켁.

상준은 헛기침을 하며 휴대전화를 붙들었다.

스타 작가인 그녀가 작품의 주연으로 신인을 쓴 적은 단 한 번도 없었다.

그녀와 함께 작품을 오랫동안 해온 배우들.

이름만 들어도 사람들의 관심이 쏠릴 법한 그런 네임드 배우들.

그들과만 작업하기로 소문이 난 그녀였다.

—어때요, 할래요?

하지만.

"지금 당장은 제가 스케줄이……."

그렇다고 해서 없는 시간을 만들어낼 수는 없었다.

당장 다음 주만 해도 상준은 몸담고 있던 프로그램에서 잠시 하차해야 했다.

「스타들의 레시피」.

컴백 스케줄까지 겹치면서 더 이상 이끌어가기가 어렵다고 판단한 JS 엔터에서 내린 결정이었다.

있던 스케줄까지 없애야 할 판인데, 또 다른 드라마라니.

아무리 욕심이 나도 무리다.

그런데.

—푸흡.

수화기 너머로 갑자기 웃음소리가 들려왔다.

상준은 두 눈을 동그랗게 뜬 채 이은영 작가의 말을 기다렸다.

—아, 죄송해요. 이렇게 솔직할 줄은 몰라서.

"…아."

남들이라면 있는 스케줄을 빼서라도 덤벼들었을 텐데.

이 와중에도 올곧게 본인의 바쁜 스케줄을 주장하다니.

신박하기는 해도 기분이 나쁘진 않았다.

솔직함과 성실함.

'확실히 내가 제대로 보긴 했네.'

이은영 작가는 미소를 지으며 말을 바꿨다.

―그러면, 안 바쁠 때 하면… 한번 해볼래요?

"아."

사실 거절할 이유는 없었다.

이렇게까지 하는 이유가 궁금해졌을 뿐.

충분히 호기심이 이는 일이긴 했지만, 한 가지 확실한 건 있었다.

이건 기회다.

'기회는 잡아야지.'

상준은 두 눈을 반짝이며 입을 열었다.

"실장님께 말씀드려 보겠습니다."

―오호, 갑자기 적극적이네.

"사실… 하고 싶습니다."

수화기 너머로 또다시 웃음이 터져 나왔다.

'뭐가 웃긴 거지.'

이번에는 의도한 솔직함이 아니었다.

상준은 영문을 모르겠다는 듯 고개를 갸우뚱했다.

이은영 작가는 헛기침을 하며 말을 이었다.

―사실, 어차피 바로 드라마를 들어갈 생각은 없었어요. 그냥
떠본 거지.

"아."

상준은 뒤늦게 고개를 끄덕였다.

그 순간.

—대신.

이은영 작가의 제안이 불쑥 들어왔다.

—이 부탁은 들어줄 수 있어요?

*   *   *

"으음."

이은영 작가의 제안은 컴백 뒤로 미뤄졌지만, 바쁘게 컴백 준비를 하는 사이.

마침내 컴백 당일이 찾아왔다.

분주하게 외치는 스태프들의 목소리를 들으며 상준은 다급히 일어났다.

"자, 다들 준비해 주세요!"

첫 번째 정규앨범.

비록 한 번의 경험이 있다 해도 긴장이 되지 않는 것은 아니었다.

'잘할 수 있을까.'

데뷔 1년이, 아니, 10년 차 아이돌이 된다 하더라도.

상준은 이 순간만큼은 떨릴 거라 확신했다.

도영은 거친 숨을 몰아쉬며 물병을 집어 들었다.

"어후, 떨려."

"시작한다. 시작한다."

탑보이즈의 데뷔 무대를 장식했던 쇼케이스장.

이번 역시 같은 무대에서 컴백의 시작을 알릴 계획이었다.

살짝 고개를 내민 도영은 감탄과 함께 말을 뱉었다.

"와, 다 꽉 찼어."

지난번과 같은 수의 관객들이지만, 송준희 매니저의 말에 의하면 몇 배로 빠르게 티케팅이 마감됐다고 했다.

"1분 만에 매진됐대."

놀라운 속도다.

뒤에서 속삭이는 도영에, 상준 역시 뿌듯한 얼굴로 고개를 들었다.

힘들게 이 자리를 찾아준 팬들처럼, 그 역시 최선을 다해 무대로 보답하겠다고.

늘 되뇌는 소리였지만, 오늘만큼은 한결 더 와닿았다.

스르륵.

그들의 앞을 가리고 있던 남색 천막이 천천히 올라가고.

"와아아아아!"

온몸의 세포를 깨울 법한 함성 소리가 사방에서 울려 퍼졌다.

"후우."

그와 동시에, 상준은 미소를 지으며 고개를 들었다.

탑보이즈의 청량함을 가득 담아내면서도 묘하게 가을 분위기가 나는 몽환적인 곡.

「DREAM THE TOP」 앨범의 타이틀곡 「EIFFEL」.

간주가 흘러나오자 팬들의 응원 소리도 한층 거세졌다.

"나상준! 지선우! 차도영! 엄유찬! 이제현! 탑보이즈!"

멤버들을 한 명 한 명 읊는 함성에, 온몸에 전율이 느껴졌다.

저렇게 수많은 사람들이 이 앨범을 기다려 주었다는 게.

데뷔한 지 어느덧 100일이 넘는 시간이 지났음에도 신기해서였다.

"와아아악!"

처음에는 그 사실만으로도 긴장에 온몸이 굳었겠지만.

「무대의 포커페이스」.

이제는 그 정도로는 겁먹지 않을 용기가 생겨 버렸다.

"……."

두두둥.

강렬한 드럼 비트와 함께 몽환적인 멜로디가 노래의 시작을 열었다.

도입부는 상준의 파트.

간절한 노랫말 못지않게 안타까운 눈길로 상준은 무대 앞으로 걸어 나갔다.

저 위로 올라가 보려 해
꿈꿀 수 없는 높은 탑이라고 해도

연기를 배우면서 상준이 깨달은 게 있었다.

무대 역시 연기와 크게 다르지 않다는 것을.

노래의 사소한 감정선을 잡아내 그걸 관객들에게 전달하는 것.

그로써 동화되는 것.

"와."

더 높은 곳으로 올라가고 싶지만 그럴 수 없는 안타까움.

상준의 표정은 미묘한 감정들을 전부 잡아내고 있었다.

사실 이번 앨범에서 멤버들이 가장 공들였던 건 표정 연기였다.

'몽환적인 분위기.'

그 분위기가 만들어내는 특유의 감정선.

허공을 부유하는 듯한 독특한 안무가 신비로워 보이는 무대 세트.

그 두 개가 맞물리자 팬들 사이에서 감탄이 튀어나왔다.

"이번 앨범 컨셉 미쳤는데."

"……."

넋을 놓은 채 입을 벌리고선 무대를 감상하는 팬들.

유찬이 앞으로 튀어나가 막힘없는 랩을 선보였다.

그래서 물었어

그곳은 어떠니 모든 게 다 보이니

유찬의 랩을 받아치는 선우.

여기는 아무것도 보이질 않아

그 위에서 나를 바라봐 줘

한 치의 오차도 없는 안무로 무대 위를 누비는 멤버들.

몽환적인 노래는 한층 격정적으로 치달았다.

탑에 올라서고 싶었던 멤버들에게 나타난 하나의 빛줄기.

그 빛줄기가 이내 여러 개로 갈라서기 시작한다.

도영은 미끄러지듯 중앙으로 이동하며 깔끔한 고음을 내질렀다.

빛이 보였어
그곳에 함께해 줘
Dream the top
나도 올라설 수 있을까

초반과는 확연히 달라진 분위기.

상준은 그제야 미소를 지으며 두 팔을 뻗었다.

'와.'

물 흐르듯 자연스레 바뀌는 노래의 분위기에 관객석에서 또다시 탄성이 터져 나왔다.

하지만, 속으로 감탄을 거듭한 건 상준 역시 마찬가지였다.

'너무 예쁘다.'

멤버들 앞에 나타난 빛이, 여러 갈래로 갈라지듯.

멤버들 앞에는 푸른빛이 아른거리고 있었다.

푸른색 야광봉이 만들어내는 물결.

푸른빛의 홍수 속에 잠긴 채, 상준은 영원히 이곳에 머물고 싶었다.

'이 무대가 영원히 끝나지 않기를.'

첫 무대에 설 때 그런 생각을 했었다.

사방에서 외치는 함성 소리가 너무도 자신을 설레게 해서, 차마 그 아래로 내려오고 싶지 않았으니까.

하지만, 이번엔 다른 생각을 했다.

'이 무대가 영원히 반복되기를.'

몇 번이고 올라서고 싶은 무대.

그곳에서 발견한 거야
나 혼자가 아니라는 걸
언제나 밝게 빛나줘

마지막으로 담담하게 깔리는 상준의 목소리.
상준은 두 눈을 반짝이며 미소 지었다.
관객석을 향해 손을 내밀듯 뻗는 안무.

언제나 밝게 빛나줘

팬들에게 건네는 메시지와 함께.
그렇게 탑보이즈의 정규앨범 첫 무대는 끝이 났다.

                    *   *   *

─와, 이번 무대 뭐야
 ㄴㄷㅂㄷㅂ
 ㄴ집에서 열 번 다시보기 함
 ㄴ열 번이면 적네
 ㄴ다시 보고 오겟슴다
─장담컨대 이건 대박이다!!!
 ㄴ탑보이즈 역대급 앨범인 듯
 ㄴ아직 데뷔한 지 1년도 안 됐어

ㄴ그건 맞지만……. 그치만. 그냥 넘어가란 말야ㅠㅠ

ㅡ수록곡 하나하나 다 좋은걸ㅠㅠ

ㄴ심지어 애들이 작곡했다던데

ㄴ꺄아아ㅏ아ㅏ아아아

ㄴ어쩐지 다 명곡이더라

ㅡ이거 왠지 1위 각이다

ㄴ음방 1위 가자ㅠㅠㅠㅠ

ㄴ음원차트도 1위 가자!!

ㄴ온탑 다 모여

ㄴ22

ㄴ333

앨범 쇼케이스가 무사히 끝나고, 상준은 거친 숨을 내쉬며 대기실에 들어섰다.

수많은 기자들과 팬 앞에서 무대를 선보이고, 쏟아지는 인터뷰도 간신히 끝냈으니 나름 성공적인 쇼케이스라고 할 수 있었다.

"형, 이번엔 곡 소개 안 하더라."

"크흠."

상준은 헛기침을 하며 시선을 돌렸다.

'3분 27초의 곡으로서, 어쿠스틱 베이스에 부드러운 드럼 비트가 인상적인 곡입니다. 또 모닝콜처럼 아침을 깨우는 노랫소리를 지향하는 노래로…….'

'예?'

데뷔앨범 쇼케이스 당시, 팬들과 사회자를 당황하게 만들었던 상준의 대답.

　지나친 열정이 만들어낸 결과물이었지만 다행히도 같은 실수는 반복하지 않았다.

　"이번엔 아예 외우지도 않았어."

　"아, 그런 깊은 뜻이."

　선우는 웃음을 터뜨리며 멤버들을 불러 세웠다.

　"다들 이쪽으로 빨리 모여봐."

　"난 준비 다 됐는데."

　"예에에. 바로 시작하나요?"

　사실 쇼케이스가 오늘의 마지막 일정은 아니었다.

　힘들게 준비해서 선보인 컴백 날.

　마지막 스케줄이 하나 남아 있었으니.

'이게 요즘 핫하다더라.'

　조승현 실장이 적극 권유해서 찍게 된 뮤직비디오 리액션 영상.

　다른 엔터에선 줄줄이 했다는데, 지난 앨범에선 그걸 놓친 게 퍽 아쉬웠던 모양이다.

'트렌드를 따라야지.'

　그래서일까.

　이번 앨범에선 가장 먼저 그 얘기를 꺼내놓은 그였다.

　"트렌드를 따르라고 하셔서."

"어엇, 매니저님."

"어어, 다들 준비해."

송준희 매니저는 끙끙대며 카메라를 끌고 들어왔다.

말 그대로 뮤직비디오를 보며 솔직한 반응을 드러내는 영상이다.

그렇기에 일부로 뮤직비디오 영상을 미리 보여주지 않았던 JS 엔터.

하지만 조승현 실장의 걱정은 따로 있었다.

'애들이 뻘쭘하게 있진 않겠지?'

어느덧 데뷔까지 무사히 마친 탑보이즈지만 조승현 실장의 눈에는 여전히 미숙한 연습생들이다.

'잘하겠지? 내가 다 긴장되는구만.'

쇼케이스 직전에도 송준희 매니저에게 그렇게 걱정을 털어놓았던 조 실장이다.

송준희 매니저는 멤버들을 돌아보며 피식 웃음을 흘렸다.

'알아서 잘들 하겠지.'

딴건 몰라도 뻘쭘하게 있을 녀석들은 아니었다.

카메라를 틀기 전부터 이미 오두방정 그 자체였으니까.

도영은 제자리에서 방방 뛰며 쉴 새 없이 말을 쏟아내고 있었다.

"아니, 뮤비 리액션 영상이라고 우리한테도 뮤직비디오를 안 보여주는 건 너무하잖아."

"이제 본다잖아."

"아아, 됐고. 빨리 보여주세요."

지난번 뮤직비디오보다도 한층 발전한 감정선.

그 결과물을 한시라도 빨리 보고 싶었다.

도영은 재촉하며 두 눈을 반짝였다.

"오, 이거 카메라 켜진 건가."

"자자, 시작할게요."

유이앱처럼 실시간 방송은 아니다.

녹화해서 내일 JS 엔터 너튜브에 업로드 될 예정이었지만.

"와아아아, 안녕하세요, 온탑 여러분!"

"저희가 지금 뮤직비디오를 볼 건데요. 저희도 아직 안 봤어요."

"와아아아!"

"아니, 추임새 넣을 시간에 빨리 트세요."

"틀어, 틀어!"

녹화 방송이라는 걸 잊을 정도로 지붕을 뚫고 들어가는 텐션이다.

'걱정 안 하셔도 된다니깐.'

송준희 매니저는 다시 한번 확신하며 웃음을 흘렸다.

도영은 호들갑을 떨며 앞에 놓인 노트북에 조심스레 다가갔다.

"눌러요, 눌러?"

"아, 빨리 눌러요."

"……!"

긴장 가득한 미소와 함께 노트북 자판을 누르는 도영.

그와 동시에 뮤직비디오가 시작됐다.

디디링.

짧은 효과음을 배경으로 펼쳐지는 JS 엔터의 로고.

아직 뮤직비디오가 시작하기도 전인데 이미 뒤에선 난리가 났다.

"선우 형, 선우 형! 때리지 마! 아아악."

"아얏, 미안하다."

"악, 또 때렸어!"

홍분한 나머지 유찬의 어깨를 세게 움켜쥔 선우는 당황한 얼굴로 뒤로 물러섰다. 유찬은 투덜대면서도 시선을 화면에 고정하고 있었다.

"시작한다."

상준의 말 한마디와 동시에, 화면 가득 상준의 얼굴이 떠올랐다.

"아."

감정을 눌러 담은 듯한 상준의 연기.

화면 속의 상준이 천천히 걸어오며 도입부 파트를 부르기 시작했다.

저 위로 올라가 보려 해
꿈꿀 수 없는 높은 탑이라고 해도

한 소절 한 소절을 놓치지 않겠다는 듯이 섬세한 춤선.

상준은 탄식과 함께 눈을 가렸다.

"어흑, 소름 돋아."

"아니, 형은 감탄을 해야지 왜 도망가고 있어."

무대 모니터링이야 여러 번 해봤지만, 뮤직비디오 속 자신의 모습을 마주하는 것은 또 다른 문제다.

상준은 몸서리를 치며 고개를 내저었다.

하지만, 상준의 격한 반응과는 달리 다른 멤버들은 이미 입을 벌리고 있었다.

"와, 여기서 이렇게 찍었네."

"이 장면이 이렇게 들어간 거야?"

"아니, 와. 미쳤다!"

뮤비 촬영 때 타고 올라갔던 탑.

이 뮤직비디오의 하이라이트인 장면이 흘러나오자, 상준 역시 눈을 가리고 있던 손을 내렸다.

빛이 보였어
그곳에 함께해 줘

끝없이 돌아가는 탑.

그렇기에 올라설 수 없었던 멤버들의 감정선.

멤버들의 바람대로 뮤비는 그런 사소한 부분들까지도 섬세하게 담아내었다.

"와, 나 너무 잘생기게 나왔어."

"……."

"뭐야, 왜 다들 대답이 없어."

남들이 CG에 감탄하는 사이, 도영은 자신의 얼굴을 보며 감탄하고 있었다.

"헐. 너무 멋있는데?"

"…조용히 해."

연신 감탄을 터뜨리던 도영은 화면에 빨려들어 갈 듯이 시선을 고정했다.

멤버들 머리 위로 새하얗게 내려앉는 빛.

쇼케이스 무대에서 팬들이 감탄했던 파트다.

180도 바뀌는 멤버들의 눈빛.

어딘가 공허해 보이던 미소가 어느덧 행복으로 가득 찬다.

"와."

상준은 탄성을 내뱉으며 모으고 있던 두 손을 떨구었다.

격정적인 멜로디가 임팩트 있는 마지막 파트로 향한다.

언제나 밝게 빛나줘

마지막 한마디와 동시에 손을 뻗는 멤버들.

같이 가자고 속삭이듯 마무리되는 노래에, 4분 17초의 시간이
훌쩍 흘러가 버렸다.

"우와."

"여기까지!"

"아니, 이거 다시 보면 안 돼요?"

데뷔앨범의 뮤직비디오도 충분히 근사했지만.

CG가 기존보다 많이 사용된 만큼, 영상미에 신비로움이 더해졌다.

그들이 머릿속으로 그렸던 장면보다도 한결 인상적이었던 뮤
직비디오.

"……."

그 여운에서 쉽게 벗어날 수 없었던 멤버들은 잠시나마 멍하
니 있었다.

그런 정신을 깨운 건 유찬의 손뼉 소리였다.

"자!"

"…진짜 대박인데."

"탑 돌아가는 거 너무 신기한데요."

탑이 돌아가면서 순식간에 그 위로 올라서게 되는 연출이 가장 인상적이었다며, 차분하게 말을 얹는 선우였다.

상준은 고개를 끄덕이며 선우의 말에 공감했다.

그때였다.

선우가 분위기를 환기하며 입을 열었다.

"아, 그런데. 저희가 오늘 처음 선보인 타이틀곡 〈EIFFEL〉의 뮤직비디오를 지금 봤잖아요."

"그쵸."

"많은 분들이 질문을 주신 게 있어서."

비록 지금이 실시간 방송은 아니지만, 사실 쇼케이스 직후에 가장 많이 쏟아진 질문은 따로 있었다.

바로, 타이틀곡의 제목에 관한 것.

―EIFFEL이 뭔데?????
└에펠?
└에펠탑 아니냐
└말이 되는 소리를 해라
└제목을 그렇게 성의 없이 지었겠냐
―의미가 분명 있을 텐데
└맞아 뮤비에 나오는 탑 이름이 에펠탑인가
└차라리 바벨탑이라고 해라
└다보탑이겠지
└뭔 소리야 이건 ㅋㅋㅋㅋㅋㅋㅋㅋ

"에펠이 뭐냐고, 다들 물으셔서."

선우의 한마디에 도영은 표정 관리를 실패하고선 고꾸라졌다.

사실 타이틀곡의 제목이 의미를 알 수 없는 영문 단어가 된 데에는 이유가 있었으니까.

"아주, 깊은 사연이 있거든요."

상준은 두 눈을 반짝이며 기억을 회상했다.

*　　　　　*　　　　　*

"타이틀곡 제목은 너네더러 정하래서."

JS 엔터의 회의실.

「DREAM THE TOP」 앨범의 수록곡과 타이틀곡마저 이미 예시 파일이 나온 상태다. 정식 녹음을 하기 전, 이미 가이드 녹음 버전을 수십 번 들어본 멤버들이었다.

"타이틀이요?"

몽환적이고 청량한 멜로디.

거기에 더해 탑을 올라간다는 기본 설정까지.

그렇게 놓고 나니 그럴싸한 제목이 전혀 떠오르지 않았던 탓이다.

"사실 생각이 안 나서."

"일단 예시는 따놨으니까 한번 봐봐."

조승현 실장이 들고 온 노래 제목은 대부분 가사에 충실한 제목들이었다.

「빛이 되어줘」, 「BE ON TOP」, 「날 올려줘」.

"딱히 끌리는 게 없는데."

타이틀곡 제목이라고 하기에는 애매했다.

「BE ON TOP」의 경우는 앨범의 제목과 유사했고, 나머지는 가사의 일부분에 불과했으니까.

"으음."

"별로지?"

조승현 실장을 머리를 긁적이며 고개를 떨구었다.

그 순간.

막대 사탕을 만지작거리던 제현이 손을 들었다.

"저, 이거 먹어도 돼요?"

"아?"

사실 아까부터 먹고 싶었는데 줄곧 눈치를 보고 있던 제현이다.

제현은 시무룩한 얼굴로 선우에게 속삭였다.

"이거 신상이란 말야."

"…그것도 신상이 있냐."

당연히 조승현 실장에게 먹힐 리가 없었다.

조승현 실장을 팔짱을 낀 채 몸을 뒤로 젖히며 말했다.

"아이디어 내고 먹어."

"헉."

아예 먹지 말라는 소리는 아니다.

제현은 손에 쥔 푸른색의 막대 사탕을 내려다보았다.

이번에 새로 나온 소다맛.

이번 신상이 그렇게 맛있다던데.

'뭔 아이디어가 있지.'

제현의 머리가 빠르게 돌아가기 시작했다.

열정적인 고민이 끝나던 찰나, 제현은 두 눈을 반짝이며 말했다.

"다보탑이요."

"야, 고민한 게 그거야?"

조승현 실장은 기가 차다는 듯 웃음을 터뜨렸다.

생각해 보니 그랬다.

'이름에 탑이 들어가면 좋을 거 같아요.'

'다보탑이요.'

탑보이즈의 팬클럽명이 다보탑이 될 뻔했던 것도 제현의 아이디어였으니까.

조승현 실장한 단호한 얼굴로 고개를 저었다.

"절대 안 돼."

"그러면 실장님."

"안 들을래."

"잠깐만요!"

회의가 끝나려면 한참이 남았다.

'먹어야 하는데.'

손에 쥔 막대 사탕을 내려다본 제현의 두 눈엔 절실함이 서렸다.

'생각해 내자. 생각해 내자.'

속으로 되뇌다 보니, 빠르게 아이디어가 떠오른다.

잠깐의 침묵이 이어지고, 반짝이는 제현의 눈빛을 확인한 조승현 실장이 씨익 웃으며 물었다.

"말해봐. 뭔데?"

이번이 마지막 기회다.

그런데.

"…에펠탑이요."

*   *   *

"이야, EIFFEL. 영어로 뜨니까 죽인다."

"한국말을 사랑해야지, 도영아."

"맞아, 형. 영어도 못하잖아."

말 한마디 꺼냈다가 팩트로 얻어맞은 도영은 어질한 정신을 붙들었다. 해맑게 자신을 올려다보는 제현의 얼굴을 보니 한층 더 기가 막힌다.

'에펠탑……?'

처음 제현의 의견을 들었을 땐 모두들 기가 막혀 했지만.

사실 멤버들도 몰랐다.

그게 정말 최종 타이틀곡의 제목이 될 줄은.

"어감이 예쁘긴 하지."

"그건 그런데."

상준은 머리를 긁적이며 말을 던졌다.

"다들 정상은 아닌 거 같아."

"형도 찬성했잖아."

"크흠."

상준은 헛기침과 함께 시선을 돌렸다.

지금 시간은 8시 59분.

다음 음원차트 갱신까지는 1분이 남아 있었다.

'차트 인 했다! 차트 인!'

쇼케이스 와중에도 송준희 매니저가 격하게 전달하던 소식은 들었다.

신인답지 않은 빠른 성장세.

탑보이즈의 인기는 음원차트도 증명하고 있었다.

하지만, 남은 건.

'어디까지 올라가느냐.'

데뷔앨범으로 끝내 1위를 찍었던 탑보이즈였다.

하지만, 그 당시엔 운이 따랐던 것도 사실이다.

'기적이었지.'

기관사의 실수와 「뮤직스튜디오」 방송까지.

그렇기에 이번엔 더욱 마음을 놓을 수 없었다.

"제발."

"1분 남았다."

게다가 지금의 탑보이즈는 컴백과 동시에 1위를 찍을 저력을 가지고 있는 그룹이 아니다. 실제로 현역 아이돌 중 그런 성적을 거두어낼 수 있는 건 데뷔 몇 년 차의 극소수 유명 아이돌들뿐이니까.

'천천히 역주행을 노려야지.'

쇼케이스도 끝났으니 음원차트 반동을 기대할 만도 했다.

역주행과 동시에 음악방송 1위.

나아가 음원차트 1위를 탈환하는 것.

그게 탑보이즈의 목표였다.

그 순간.

"어……!"

띠링.

9시 정각을 알리는 알림음이 뜨고.

"떴다, 떴다!"

도영의 다급한 목소리가 대기실을 울렸다.

*　　　　*　　　　*

무려 14위.

컴백 3시간 만에 이뤄낸 성과로는 엄청난 순위였다.

새벽 시간대를 지나고선 무난히 10위 안으로 진입했고.

"우리 방송 끝나면 진짜 1위 찍는 거 아냐?"

"내 말이. 내 말이."

도영과 유찬은 이미 마주 앉은 채 설레발을 치고 있었다.

상준은 피식 웃으며 휴대전화 알림을 확인했다.

태헌의 별스타그램.

[탑보이즈의 신곡 '에펠' 많이 들어주세요~]

태헌의 셀카와 함께 올라온 짧은 문구.

신곡이 나왔다고 저렇게 대놓고 홍보해 주는 모양이었다.

그 아래로 드림스트릿과 탑보이즈 팬들의 댓글이 쏟아졌다.

—우리 탑보이즈 신곡 홍보해 줘서 고마워요 ㅠㅠㅠ

ㄴ둘이 친한가 보네
ㄴ보기 좋다
─예전에 얘네 사이 안 좋다고 기사 뜬 거 생각나네
ㄴ지금 생각해도 너무 웃김 ㅋㅋㅋㅋ
ㄴ어휴 진짜
ㄴ태헌이 세상 착해 ㅠㅠ 홍보해 주는 거야?

"고맙네."
상준은 작게 중얼거리며 태헌의 별스타그램에 '좋아요'를 눌렀다.
아니나 다를까, 곧바로 문자가 오는 태헌이다.

[봤냐!!!!]
[…어]
[나는 10월 12일에 컴백함]

"아?"
굳이 구체적인 날짜를 알려주는 태헌의 문자.
상준은 당황한 얼굴로 두 눈을 굴렸다.
띠링─.
곧바로 태헌의 문자가 이어진다.

[뭐, 홍보해 달라든가 홍보해 달라든가 홍보해 달라든가…….]
[그만 보내]
[절대 그런 건 아니야. 그냥 알아두라고]

[ㅇㅇ]
[부탁한다 ^^]

"그럼 그렇지."

"뭔 일인데?"

동그랗게 뜬 눈으로 상준의 어깨 너머를 슬쩍 살피는 도영이다.

상준은 피식 웃으며 휴대전화를 덮었다.

"기브 앤 테이크가 확실한 친구가 있어서."

"아, 태헌이 형?"

"엉."

상준이 고개를 끄덕이던 순간, 송준희 매니저가 활짝 문을 열어젖혔다.

타이틀곡 「EIFFEL」의 첫 번째 음악 방송.

오늘은 그 무대를 선보이는 날이었다.

"자, 다들 출발하자."

"네에—."

선우는 곧바로 고개를 끄덕이고선 치렁치렁한 의상을 끌고 앞으로 나섰다.

곧 다가오는 추석을 기념한 오늘의 무대 컨셉은 한복 컨셉이었다.

"어때, 어때?"

도영은 신난 얼굴로 두 팔을 휘젓고 있었다.

"크으, 누군지 몰라도 되게 잘생겼네."

놀랍게도 본인에게 하는 소리다.

또다시 시작된 도영의 넘쳐흐르는 자기애.

"하, 이러다가 전 국민이 나한테 빠지면 어떡하지. 그건… 조금 곤란한데."

"전 국민이 너한테 왜 빠져. 그 사람들은 눈이 없냐?"

이에 질세라 유찬의 싸늘한 공격이 이어진다.

"야, 너빼곤 다 정상적인 눈이라서 안 빠질 수가 없거든?"

도영은 기가 찬다는 듯이 유찬의 말을 받아쳤다.

허구한 날 싸워대는 저 둘을 말릴 자는 상준밖에 없었다.

"고만들 싸우고."

눈만 마주치면 신나게 싸워대는 둘이다.

하지만, 문이 열린 순간 둘도 없는 다정한 사이가 된다.

"와아아아!"

건물에서 빠져나와 사전녹화 대기실로 향하는 동안, 그 앞에 선 포토 라인엔 팬들이 단체로 서 있었으니까.

"Dream the top, 안녕하세요, 탑보이즈입니다!"

우렁찬 구호를 외치며 인사하는 탑보이즈.

도영은 양손을 흔들며 해맑은 미소를 지어 보였다.

수많은 기자들이 모인 포토 라인.

처음에는 이곳에 서는 것조차 긴장됐지만, 이제는 제법 능숙해졌다.

"자, 여기 보세요."

카메라 방향을 향해 자연스럽게 포즈를 잡고, 팬들과도 눈웃음으로 인사를 나눈다.

"와아아아아악!"

"오늘 의상 대박이다!"

"탑보이즈! 탑보이즈! 탑보이즈!"

"상준아, 이쪽 봐줘! 아아악!"

쪽빛의 한복을 입은 상준이 해맑게 손을 흔들자 뒤쪽에서 함성이 터져 나왔다.

비단 탑보이즈의 팬들만은 아니었다.

"와, 실물 처음 보는데."

"쟤가 탑보이즈야?"

"드라마에도 나오잖아."

「흥부외과」뿐만 아니라 각종 예능프로로 이름을 알렸던 상준이다.

그렇기에 타 팬들도 이미 상준을 알고 있었다.

나아가 팬들 사이에선 이런 말들마저 튀어나오고 있었다.

팬과 별개로 상준은 상준이라고.

그런 말을 증명하듯, 상준을 향한 환호는 끊일 새가 없었다.

보다 못한 스태프가 손짓하며 가운데로 끼어들었다.

"자, 다음 팀 들어올게요."

탑보이즈의 포토 타임이 끝나고, 뒤로 들어오는 걸 그룹.

아무 생각 없이 앞으로 걸음을 떼던 상준은 놀란 눈으로 멈춰 섰다.

"안녕하세요, 유플라이입니다!"

탑보이즈와 비슷한 시기에 데뷔한 신인 걸 그룹.

아까까지만 해도 뜨겁게 달아올랐던 포토 라인의 분위기는 바로 가라앉았다.

"아……."

"누구야?"

"서아린이잖아."

"아. 걔는 안다."

유플라이라는 이름은 생소하기 그 자체였지만, 온탑들도 한 명은 알았다.

유플라이의 메인보컬 서아린.

상준과는 '드라마 인 드라마' 프로그램을 같이 진행했던 그녀였다.

나아가, 상준의 열렬한 팬이기도 했고.

"어."

"헐. 컴백 시기 겹쳤네요!"

상준을 본 아린이 두 눈을 반짝이며 고개를 숙였다.

"반가워요. 오랜만이네."

상준 역시 미소를 지으며 아린의 인사를 받았다.

이제는 무대를 향해 이동해야 할 시간.

팬들에게 다시 한번 손을 흔든 상준은 천천히 포토 라인을 빠져나갔다.

"와아아악!"

"꺄아아아, 이쪽이요, 이쪽!"

'마이픽' 때부터 상준의 팬이었던 아린이다.

이렇게 데뷔하지 않았더라면 그녀 역시 저 자리에서 팬들과 함께 함성을 지르고 있었을지도 모른다.

이렇게 함께 데뷔해, 무대를 설 수 있다는 게 때로는 감사했지만.

'나도 당당하게 환호를 받을 수 있었으면 좋았을 텐데.'

출발선은 같았지만, 지금은 너무도 달라졌다.

승승장구하며 올해 신인상의 강력 후보로 떠오른 탑보이즈와는 달리, 유플라이는 이름조차 알려지지 않았으니까.

유플라이 멤버들이 천천히 지나가는 데도, 아무런 함성도 쏟아지질 않았다.

건성으로 박수를 쳐주면서도 은연중에 들려오는 목소리들.

"근데 유플라이가 누군데?"

"첨 들어본다."

"별의별 그룹이 다 나오네."

스쳐 지나가는 멤버들과 나란히 그 소리를 듣자니, 가슴 한구석이 아려온다.

그녀가 꿈꿨던 게 빛이 나는 스타라면.

지금은.

"아……."

아린은 씁쓸한 미소를 지으며 고개를 떨구었다.

*   *   *

"와, 이번 무대 진짜 너무 잘 뽑혔다."

"반응도 좋던데."

모니터링을 마치고 온 멤버들은 신이 나서 입을 열었다.

송준희 매니저 역시 미소를 지으며 헐떡이는 멤버들에게 물병을 건넸다.

"한복 컨셉 어울린다고 난리 났던데?"

"크으, 매니저님 뭘 아시네. 사실 뭘 입어도 어울려요."

도영은 자신만만한 표정으로 브이를 그려 보였다.

"하긴. 그 말이 왜 안 나오나 했다."

"그럼요."

도영의 뻔뻔함에 송준희 매니저는 피식 웃음을 흘렸다.

—한복 컨셉 역시 미친 거 아니냐고 ㅠㅠㅠ

ㄴ날 죽이려 작정한 게 틀림없어

ㄴ스타일리스트님 절 받으세요!!!

ㄴ꾸벅꾸벅

—추석이라 너무 좋네요^^

ㄴ마음이 풍성해지는 한가위 ㅎㅎ

ㄴ정말 마음이 너무 풍성해진다

ㄴㅋㅋㅋㅋㅋㅋㅋㅋ

—무대의 제왕이다 진짜

ㄴㅇㅈㅇㅈ

ㄴ음원차트 오르는 속도 봤냐

ㄴㄹㅇ 무대의 제왕

사실 이번 무대가 끝나고 탑보이즈에게 붙은 또 하나의 수식어가 있었다.

유찬은 상기된 목소리로 입을 열었다.

"우리더러 무대의 제왕이래."

"무대의 제왕?"

"무대 하나만 끝나면 순위 오른다고."

한복을 입고도 각도 있게 선보인 퍼포먼스.

춤 선을 살리기 다소 버거운 의상임에도 아쉬운 부분이 조금도 보이지 않았다.

이제는 제법 능숙하게 표정 연기까지 더해진 탑보이즈의 무대에, 팬들뿐만 아니라 대중이 열광하고 있었다.

"맞아. 니들 순위 봤어, 지금?"

"저희 순위요?"

송준희 매니저의 한마디에, 도영은 다급히 휴대전화를 켰다.

"와."

음원차트 상단에 떠오른 탑보이즈의 신곡.

앨범 발매 하루 만에 순위는 무려 5위까지 올라 있었다.

"우리 이러다가 오늘……."

"진짜 1위 찍는 거 아냐?"

이미 음원차트의 등반 속도만 봐도 탑보이즈 컴백 앨범의 성과는 충분했다.

조승현 실장도 줄곧 웃음꽃이었고.

하지만, 그럼에도 바라는 게 하나 있다면.

'1위지.'

음악방송의 1위 자리가 남아 있었다.

"이번에 빡세긴 하던데."

"선배들이 많이 컴백하시긴 했지."

상준은 걱정스러운 얼굴로 고개를 끄덕였다.

결코 만만한 상대가 아니니까.

하지만, 미리 겁먹어봐야 좋을 거 하나 없다.

상준은 미소를 지으며 자리에서 일어났다.

"슬슬, 나가자."

송준희 매니저의 한마디에 멤버들은 떨리는 표정으로 대기실을 나섰다. 1위 후보에 이름이 걸린 탑보이즈의 자리는 카메라 정면 쪽에 있었다.

비록 떨려서 울상이 될 지경이지만, 표정 관리도 필수다.

"······."

상준이 「무대의 포커페이스」로 웃는 상을 유지하고 있던 순간.

카메라 불빛이 켜지며 MC 2명이 정면으로 걸어 나왔다.

데뷔앨범 음악방송 때만큼이나 온몸을 휘감아 도는 긴장감.

"9월 넷째 주의 1위!"

"떠오르는 신인, 무궁무진한 청량미로 돌아온 탑보이즈와, 가을에 어울리는 절절한 발라드곡으로 돌아온 크레파스의 윤서인."

"이렇게 두 명의 후보가 제 옆에 서 있는데요."

탑보이즈의 왼편엔 솔로 가수로 데뷔를 선언한 윤서인이 떨리는 얼굴로 서 있었다. 톱 걸 그룹 중에 하나인 크레파스의 메인보컬인 윤서인이다.

솔로 데뷔와 동시에 사람들의 관심이 쏠린 데다가 음원차트 순위도 만만치 않았다.

'앞다투어 10위권 안에 있었지.'

결코 만만한 상대가 아니다.

MC들은 잠시 뜸을 들이더니 이내 고개를 들었다.

마침내 그토록 기다리던 순위 발표 시간.

MC들의 입에서 이번 주 1위를 알리는 방아쇠가 당겨졌다.

"음원 디지털 점수와 시청자 점수, 방송 점수, MC 점수를 모두 합계한……."

"이번 주 1위는 과연… 누구일까요?"

그때처럼 긴장감 넘치는 진행.

'떨린다.'

데뷔앨범 당시의 기억이 오버랩 될 것만 같다.

"제발."

그때와 똑같은 한마디.

상준이 떨리는 두 손을 모으며 간절한 바람을 토해내던 순간.

"이번 주 1위는……."

남자 MC의 입에서 익숙한 이름이 튀어나왔다.

"탑보이즈입니다!"

처음이 아닌데도.

"와."

상준은 또다시 멍한 눈으로 탄성을 뱉었다.

"탑보이즈 여러분, 축하드립니다!"

"와아아아!"

"1등이다! 1등!"

반쯤 넋이 나간 상준의 정신을 깨운 건 익숙한 도입부의 음성이었다.

도영과 유찬의 호들갑과 함께 흘러나오는 탑보이즈의 「EIFFEL」.

저 위로 올라가 보려 해

꿈꿀 수 없는 높은 탑이라고 해도

상준은 눈시울을 붉히며 MC들이 내미는 마이크를 움켜쥐었다.

Dream the top
나도 올라설 수 있을까

"네, 1등 소감 한 번씩 말씀해 주시죠."

1등 소감이라.

머릿속에 떠오르는 단어가 하나밖에 없었기에 상준은 잠시 망설였다. 하지만, 그건 리더 선우 역시 마찬가지였던 모양이었다.

곧바로 마이크를 받자마자 떨리는 손으로 상준에게 토스하는 선우.

'내가 말해야 하나?'

너무 기뻐서일까. 머릿속이 하얘진 기분 속에서 상준은 무의식적으로 같은 말을 뱉어냈다.

"감사합니다. 정말 감사합니다."

"이렇게 1위 찍게 해주신 온탑분들에게 이 영광을 돌립니다. 또 이 기회를 빌어 아부를……. 실장님, 사랑해요!"

"어흑."

자칫하면 밋밋해 보일 수 있었던 1위 소감이 능청스러운 도영 덕에 한결 부드러워졌다.

사방에서 터져 나오는 웃음에 도영은 카메라를 향해 하트를 그려 보였다.

'대단하다.'

확실히 아부는 도영의 전문이다.

뒤늦게 정신을 차린 상준이 피식 웃음을 흘리던 순간.

도영의 장난스러운 눈길이 선우에게로 향했다.

"사실 저희가 얼마 전에 데뷔한 지 100일이 됐거든요."

"와, 그랬구나."

도영의 말을 기분 좋게 받아주는 MC.

관객석에서도 흐뭇한 미소가 흘러나왔다.

"확실히 애들이 신인 티는 나네."

"귀엽네, 다들."

하지만, 도영이 그 얘기를 꺼낸 이유는 따로 있었다.

도영은 선우에게 마이크를 들이밀며 씨익 웃었다. 아까부터 긴장했는지 한마디도 못 했던 선우다.

"저희 리더 형이 감수성이 아주 풍부해서요. 100일 때도 울었는데 오늘은 또 울 거거든요."

"푸흡."

상준은 도영의 솔직한 한마디에 웃음을 터뜨렸다.

애써 참고 있지만 눈시울이 붉어졌던 상준이다.

1등.

몇 번을 올라선다 해도 늘 감격스러운 자리였으니까.

탑보이즈, 그 이름처럼 탑의 정상에 올라선 기분이 들게 하는 자리.

'울겠지.'

선우라고 상준과 다를 리가 없었다.

"어… 어."

"네, 선우 형. 소감 말씀해 주세요."

"저 진짜 안 우는데. 여러분, 이렇게……."

안 운다던 변명은 어디로 가고.

선우는 한마디를 내뱉음과 동시에 말을 더듬기 시작했다.

"제가 절대 우는 건 아닌데요. 크흡……. 이렇게 1위를……. 어흑."

"…그냥 대놓고 우셔도 돼요."

가만히 서 있던 MC들 마저도 당황하게 한 소감이다.

유찬의 담담한 한마디에, 선우는 참았던 눈물을 터뜨렸다.

"……."

"엄마……. 나 1등 해서… 어."

바닥에 엎드려서 통곡하고 있는 선우를 확인한 카메라는 급히 멀어져 갔다.

"네, 여러분! 다음 주에 만나요!"

거기에 더해지는 다급한 엔딩 멘트.

"어흑……. 너무 감사해서……."

카메라가 꺼지고 나서도 훌쩍이는 선우다.

보다 못한 유찬과 도영이 선우를 부축하고 나섰다.

"아, 무거워. 형, 좀 똑바로 걸어봐."

"그러게. 차도영. 너는 왜 형을 울리냐."

"어흑……. 안 울었어……."

"눈물 좀 닦고 말하고, 형은."

상준은 피식 웃으며 선우의 뒤를 따랐다.

선우가 감수성이 풍부한 편이긴 했지만, 상준 역시 그 감정에 공감했다.

'감사함.'

그게 신인이 가질 수 있는 초심이니까.

'와아아아!'

'탑보이즈! 1등 축하해애!!'

자신을 향해 외치던 팬들의 함성 소리.

그 소리가 아직도 귀에 선명했다.

그렇기에 상준은 다짐했다.

아무리 초심이 신인의 것이라고 해도.

늘 그 마음을 잊지 말자고.

몇 번을 1등을 해도, 높은 자리에 수없이 올라서게 되더라도.

그 자리에 끌어올려 준 사람들이 있기에.

"감사하다, 나도."

상준은 미소를 지으며 고개를 끄덕였다.

가슴속을 뜨겁게 불타오르게 하는 초심.

"애들아."

그 초심을 일깨워 주는 송준희 매니저의 한마디가 돌아왔다.

"너네, 휴가 나왔다."

*　　　　*　　　　*

사실 데뷔를 하고 나서 멤버들에게 휴가는 거의 주어지지 않았다.

데뷔앨범 활동 후엔 수록곡 활동.

그리고 잠시 쉬어가는 시간마저도 컴백 앨범을 준비해야 했으니까.

'신인이라서 어쩔 수가 없다.'

신인에게 공백기는 치명적이다.

최대한 대중에게 노출해서 활동을 늘리는 것.

그렇게 대중에게 영향력은 각인시키는 것.

그것밖에 없었다.

그렇기에, 조승현 실장 역시 안타까울 수밖에 없었다.

'애들이 피곤해 보이네.'

쉴 새 없이 돌아가는 스케줄 탓에 간혹 지친 기색이 보이곤 했었다.

그래서 준비한 휴가였다.

"너네 1위 찍기도 했고, 추석이기도 하고."

"와아아, 진짜예요?"

"대박. 대박!"

송준희 매니저의 말에 멤버들은 열광했다.

쉼 없이 달리던 마라톤.

잠시나마 그 바통을 내려놓고 쉴 수 있는 시간이 찾아왔기 때문이었다.

"엄청 좋아하네."

"그럼요. 와, 컴백 때문에 한숨도 못 잤는데?"

"넌 뭐 할 거야?"

"일단 자야지."

휴가를 생각하는 것만으로도 행복한 얼굴들이다.

송준희 매니저는 미소를 지으며 엄지손가락을 치켜올렸다.

"좋네. 사실 나도 휴가거든."

"크으, 매니저님. 성공하셨군요."

"난 여행 갈 계획까지 다 짜놨어."

사실 충분한 휴가라고 보기엔 애매한 시간이었다.

3박 4일. 추석 기간이나마 간신히 즐길 수 있는 시간이었지만, 그마저도 감사하다는 멤버들이었다.

"어, 형."

도영은 생글거리며 은수에게 곧바로 전화를 걸었다.

어린 나이에 데뷔한 멤버들이니만큼, 이런 날에 가장 떠오르는 건 단연 가족이다.

"형도 휴가지?"

—당근이지.

"크, 이것이 짬밥인가."

—난 컴백 기간도 아닌데, 뭐.

도영의 말을 대수롭지 않게 받아치는 은수.

함께 고향으로 내려갈 계획을 열심히 짜고 있는 형제의 대화를 흘려들으며, 상준은 시선을 돌렸다.

"이번엔 바로 집에 갈게."

"어, 휴가 받았거든"

휴대전화를 움켜쥔 채 마냥 행복해 보이는 유찬.

오랜만에 본가에 갈 생각에 신이 난 그였다.

"다들 좋겠네."

상준은 흐뭇한 미소를 지으며 그런 멤버들을 돌아보았다.

그 순간, 제현이 막대 사탕을 우물거리며 상준에게 말을 걸었다.

"형은 어떡할 거야?"

"어?"

그 생각을 못 했다.

다들 돌아갈 자리가 있다고 해도, 상준은 아니었으니까.

"아, 그러게."

맞아주는 가족도, 돌아갈 집도 없다.

"나는 숙소에 있으면 되지."

상준은 애써 담담하게 미소를 흘렸다.

"모처럼 만에 혼자 침대 다 차지하고 놀고 있어야겠다. 상운이도 보러 가고."

분명 아무렇지 않다는 듯 꺼내는 말인데.

상준의 입가에 걸린 미소가 어딘가 쓸쓸해 보였다.

선우는 그런 상준을 말없이 돌아보았다.

"막내는 어디 가게?"

"나? 나 마트 갈 건데."

"마트?"

"집 앞에 엄청 큰 거 생겨서."

"거기서 군것질거리 파는구나."

"...엉."

대량 구매를 해놓겠다는 제현의 의지가 느껴졌다.

상준은 피식 웃으며 제현의 머리칼을 쓸어내렸다.

"그래, 다들 잘 다녀오고."

*　　　　*　　　　*

그렇게 담담한 작별 인사를 마쳤지만.

막상 혼자 남겨지니 외롭다.

"⋯⋯."

멤버들이 전부 떠나가 버린 숙소.

상준은 운동화를 털며 숙소 안에 들어섰다.

계속해서 바빴던 스케줄. 그렇기에 쉽사리 시간을 낼 수 없었다.

3박 4일.

비록 짧은 시간이지만, 모처럼 만에 나온 휴가다.

그렇기에 상준이 가장 먼저 만나고 온 건 상운이었다.

'상운이는 잘 있고⋯⋯.'

"잘 있다고 하는 게 맞는지는 모르겠지만."

상준은 씁쓸한 웃음을 흘렸다.

언제나처럼 미동도 없는 상운을 세 시간 동안 말없이 지켜보고 온 상준이다.

다른 날이면 모를까, 온 가족이 모일 시끌벅적한 추석이 되니 유난히도 상운이 떠오르던 상준이었다.

"후우."

상준은 곧바로 텅 빈 방 안으로 발걸음을 옮겼다.

"아흑."

찌뿌듯한 몸을 우선 이불에 밀어 넣는다.

상준은 이불을 양손으로 움켜쥔 채 휴대전화를 꺼내 들었다.

"다들 잘 갔으려나."

상준은 괜히 작은 목소리로 중얼거렸다.

"진짜 시끄러운 것들인데."

오디오가 쉴 틈도 없이 떠들어댄 도영, 그 옆에서 투닥거리던 유찬. 말없이 막대 사탕을 우물거리는 제현과, 상준의 고민을 가장 먼저 들어주던 선우도 없는 숙소.

"후우."

고요한 정적이 감도는 숙소의 공기를 이기지 못하고.

상준은 제자리에서 벌떡 일어났다.

"뭐 먹을까."

「열정 가득 요리 천재」.

그 재능이 있는데도, 요리를 하고 싶다는 생각은 들지를 않았다.

'먹어줄 사람도 없는데.'

상준은 냉장고 문을 닫고선 소파 위에 앉았다.

TV에서는 추석을 알리는 단골 뉴스가 흘러나오고 있었다.

―한가위를 맞아 귀성하는 차량들이 멈춰 있는 모습입니다. 현재 고속도로는 정체되어 있는 상태로……

"애들, 진짜 잘 갔나 모르겠네."

상준은 맥주 한 캔을 들이켜며 걱정스러운 말을 뱉었다.

하지만, 이내 걱정은 자신에게로 향했다.

"연휴 동안 뭐 해야 하나."

상준의 짧은 한탄과 동시에 텅 빈 탁자 위로 익숙한 음성이 울려 퍼졌다.

'고만 뺏어 먹으라고!'

'아, 싫은데?'

'와, 더럽게 치사하네. 지만 입이야?'

허구한 날 투닥대며 추석을 보냈던 낯익은 목소리.

하지만, 지금 그 목소리는 상준의 곁에 없다.

지금은 유난히 그 빈자리가 느껴져서, 상준은 쓸쓸한 미소를 지으며 맥주를 내려놓았다.

"후우."

짙은 한숨을 내뱉으며 텔레비전 채널을 돌리던 순간.

"어?"

디리링—.

명랑하게 울려 퍼지는 알림음.

상준은 놀란 눈으로 제자리에 멈춰 섰다.

굳게 닫혀 있던 숙소의 문이 열리고.

"상준이 형!"

"형! 형! 우리 왔다아—!"

익숙한 얼굴들이 상준의 앞에 서 있었다.

* * *

"뭐야, 어떻게 된 거야?"

정신없이 양손에 든 비닐봉지를 흔들며 들어오는 도영.

멍하니 서 있던 상준은 뒤늦게 의아한 얼굴로 물었다.

분명 아침에 신이 나서 휴가를 떠났던 녀석들이다.

"근데 왜 여기 있… 어……?"

상준은 혼란스러운 얼굴로 두 눈을 끔뻑였다.

선우는 피식 웃으며 상준의 어깨를 툭 쳤다.

"아니, 연휴가 너무 짧잖아. 가기 좀 애매해서."

"그치. 실장님이 쩨쩨하게 주셨잖아. 3박 4일이 뭐냐, 3박 4일이."

"그러니깐."

대수롭지 않다는 듯 웃어넘기는 멤버들.

한 아름 짐을 들고 있던 유찬이 상준에게 넌지시 말했다.

"먹을 거 사 왔으니까, 이거 좀 넣어둘게."

"이쪽으로! 이쪽으로!"

"차도영, 걸리적거리지 말고 비켜!"

"…와, 너무하네."

아까까지만 해도 정적 그 자체였던 숙소.

멤버들이 들어오자마자 순식간에 시끌벅적해졌다.

"……"

상준은 넋이 나간 얼굴로 도영을 붙들었다.

"정말 어떻게 된 거야."

겨우 연휴가 짧다는 이유로 계획해 두었던 일정을 다 틀어버릴 이유가 없었다. 심지어 오랜만에 가족들을 만날 기회였으니까.

그렇기에 선우의 말을 쉽게 납득할 수가 없었다.

"에이, 형도 짐 나르는 것 좀 도와. 삼겹살 사 왔는데."

"제현아, 따라와."

"어엉."

끙끙대며 사 온 삼겹살을 냉장고 안으로 밀어 넣는 제현.

그 와중에도 여전히 멍해 보이는 상준을 보곤, 도영은 피식 웃었다.

"집 왔다 갔다 하기엔 일정이 안 맞아서. 나 집 멀잖아."

"아."

도영이 웃음기가 가시지 않은 얼굴로 말을 얹었다.

상준은 황당하다는 듯 말을 뱉었다.

"야, 아무리 그래도……."

"왜? 우리 온 게 아무래도 영 그런가?"

도영은 장난스러운 눈길로 상준의 말을 받아쳤다.

"아, 하긴. 상준이 형, 혼자서 침대 다 쓰려고 했는데, 우리한 테 뺏겨서 서럽긴 하겠다."

"맞다, 맞다."

"우리 없으니까 세상 행복했나 본데?"

"쪼그만 숙소도 혼자 쓰면 넓긴 하지."

"이거 이거. 서러워서 살겠나."

장난스럽게 말을 주고받는 멤버들.

상준은 당황한 얼굴로 손사래를 쳤다.

"그건 아닌데……."

저렇게 말해도 내심 짐작이 갔다.

'일부러 와준 건가.'

다른 날도 아니라 추석은…….

외롭지 않을 거라면 거짓말이었다.

'……'

애써 잘 다녀오라고 말해도, 그 속에 은근히 묻어 있던 쓸쓸함.

상준의 눈빛을 알아챈 선우는 멤버들을 불러 모았다.

'상준이 저렇게 놔두게?'

'으음. 난 안 가도 상관없는데.'

'뭐, 시간이 없는 것도 아니고.'

데뷔 이후 첫 휴가다.

멤버들에게도 소중한 시간이었지만, 마음을 돌릴 수밖에 없었다.

'뭐, 집에 가야만 휴가냐. 숙소에서 놀아도 휴가지.'

'고기 먹을까? 솔직히 휴가 땐 다이어트도 휴가 가야 하는 거 아냐?'

'맞네. 크으, 좋다.'

혼자 있으면 적적할 상준을 위해, 시간을 내어 돌아와 준 멤버들이었다.

분주하게 움직이던 유찬은 상준의 어깨를 툭 쳤다.

"삼겹살 먹을 거니까 요리 좀 도와줘. 뭘 그렇게 멀뚱하게 서 있는 거야."

"…그, 그래."

어떻게 됐든 마냥 고마웠다.

상준은 미소를 지으며 정신을 깨웠다.

애써 텐션을 높인 목소리가 상준의 입에서 흘러나왔다.

"아, 삼겹살? 다 비켜봐, 내가 파무침 만들어줄 테니까."

"이야. 오랜만에 요리해 주시는 건가요?"

금보다 귀한 상준의 요리라며 신나서 말을 얹는 도영.

상준은 미소를 지으며 탁자 위에 놓인 책을 돌아보았다.

「열정 가득 요리 천재」.

아까는 그토록 쓰기 싫었던 재능이 다시 날개를 달기 시작했다.

쓰윽.

탁탁탁.

빠르게 도마 위에서 재료를 썰어놓은 상준은 순식간에 파무침을 완성했다.

그다음으로는 뜨끈한 된장찌개.

"굽는다? 굽는다?"

상준이 요리를 마칠 즈음, 거실에 세팅해 둔 불판 위로 삼겹살이 얹어진다.

취이익.

듣기만 해도 침이 고이는 소리와 함께 삼겹살이 익어가기 시작했다.

상준은 양손 가득 접시를 들고선 멤버들과 나란히 앉았다.

"자, 나왔습니다!"

"와, 나 먹어볼래."

"차도영, 고만 좀 처먹어."

"아니, 숟가락도 안 들었거든?"

식사도 하기 전에 투닥거리는 도영과 유찬.

선우는 혀를 차며 텔레비전을 틀었다.

"어?"

그런데.

익숙한 화면이 나온다.

"나 나오는데?"

"맞다, 오늘 방송 날이었지."

아세대.

추석 특집 예능프로그램이기에, 연휴 첫날 방송되는 모양이었다.

'혼자 있었다면 놓칠 뻔했네.'

힘들게 탑보이즈의 존재감을 선보였던 촬영.

상준은 흐뭇한 미소를 지으며 화면에 시선을 고정했다.

도영이 호들갑을 떨며 제자리에서 파닥거렸다.

"어, 제현이 나온다!"

'어?'

'에……?'

축구의 새로운 획을 그었던 제현의 플레이.

날아오는 공을 거듭 움켜쥐고선 감탄사를 뱉어내는 멍한 얼굴에, 멤버들은 참지 못하고 웃음을 터뜨렸다.

"야, 이제현. 너 저기서 뭐 하는데."

"아니, 이게 왜 편집이 안 됐어."

제현은 부들거리며 된장찌개를 한입에 밀어 넣었다.

"어이가 없네……!"

"야, 막내 심기 불편하시단다."

"헉, 야, 다들 잘 보여. 제현이가 손으로 축구공 던질지도 모른다."

담담하게 놀리는 선우와 신나서 생글거리는 도영까지.

말을 주고받는 둘을 확인한 제현의 두 눈이 불타올랐다.

"하."

하지만, 제현의 한숨 섞인 한탄도 오래 이어지진 않았다.

"헉, 우리 서그다!"

"와아, 대박, 대박!"

탑보이즈에게 첫 번째로 우승을 안겨주었던 종목, E—스포츠.

화면 가득 멤버들의 얼굴이 비쳤다.

유찬은 흥분한 얼굴로 연신 말을 뱉었다.

"야, 나 저기서 공격 잘했네."

"잘하긴 상준이 형이 잘했지."

"선우 형, 저기 숨어 있는 거 봐. 아, 진짜."

꾸물꾸물.

시종일관 바닥을 기어 다니는 선우를 보고선 웃음을 터뜨리
는 멤버들.

"상준이 형."

"어?"

"진짜 재밌었지 않아?"

유찬이 두 눈을 반짝이며 상준에게 물었다.

"뭐가?"

"저 때 말야."

"갑자기 왜 그러냐."

뜬금없는 유찬의 말에 상준은 고개를 갸우뚱했다.

유찬은 원래 과거를 회상하는 타입의 성격이 아니었다.

느닷없이 부드러워진 유찬의 태도에, 상준은 흥미로운 눈길로
그를 바라보았다.

그 순간.

"그냥……."

유찬은 미소를 지으며 입을 열었다.

"다 추억이잖아."

기름 때문에 윤기가 나는 삼겹살을 한입에 밀어 넣고선.

상준은 유찬의 느닷없는 감성에 웃음을 흘렸다.

'다 추억이지.'

유찬이 괜한 말을 꺼내는 게 아니라는 걸, 상준은 눈치챘다.

'이렇게까진 안 해줘도 되는데.'

원래 이 자리를 함께했어야 할 빈자리.

상운의 자리를 대신이라도 채워주겠다는 듯, 유찬은 기지개를 켜며 말을 뱉었다.

"아으, 다 같이 고기 먹으니까 너무 좋다!"

"고기가 좋은 거겠지, 엄유찬."

"여튼. 그게 그거야."

상준은 투닥거리는 도영과 유찬을 빤히 바라보며 미소 지었다.

"……."

함께하는 멤버들이 없었다면, 견디기 힘들었을 3박 4일의 휴가.

시끌벅적한 숙소가 이렇게 감사했던 적은 없어서.

미세하게 떨리는 상준의 목소리가 천천히 흘러나왔다.

"…고맙다, 다들."

제5장

도약

3박 4일의 휴가는 너무도 빠르게 지나갔다.

"어후, 죽겠다. 죽겠어."

"어제부터 밤까지 스케줄 꽉 차 있었다니깐."

상준은 태헌과 마주 앉아 한탄을 늘어놓았다.

추석 휴가가 끝난 후 밀려 있던 스케줄은 엄청났다.

컴백 기간과 겹친 탓이었다.

"야, 우리도 준비하느라 장난 아냐."

컴백이 일주일 앞으로 다가온 태헌은 연습만으로 충분히 죽을 맛이라며 중얼거렸다. 상준은 고개를 끄덕이며 태헌의 말에 공감했다.

"그렇겠네."

드림스트릿의 두 번째 정규앨범이니 그만한 의미가 있을 터였다.

"너는 계속하지?"

"프로그램?"

상준의 물음에 태헌은 고개를 끄덕였다.

「스타들의 레시피」.

요리 재능의 도움을 받아 선전 중이었던 상준의 고정 예능프로그램이었지만, 당분간은 하차하기로 결정했다.

'너무 무리하지는 마.'

요즘 들어 부쩍 버거워하는 상준을 위한 조승현 실장의 결정이었다.

드라마 촬영과 컴백 스케줄까지 겹쳐지다 보니 「스타들의 레시피」까지 동시에 진행하는 것은 무리였다.

'저는 괜찮아요.'

늘 열의를 보이며 괜찮다고만 하는 상준이 걱정되어, 이번만큼은 조승현 실장도 단호했다.

'물 들어올 때 노 저어라.'

어른들의 말이 틀린 거 하나 없다지만, 그걸 어린애들을 상대로 쓰고 싶지는 않았다.

왜냐면, 그동안 그가 봐온 세상은 퍽 달랐으니까.

물 들어올 때 정신없이 노를 저으면, 물론 빨리 갈 수 있겠지만.

'노가 부서져 버리니까.'

그걸 못 버티고 무너져 버리는 케이스를 수도 없이 봐온 조승현 실장이다.

그렇기에 상준의 넘쳐흐르는 열정을 지켜주고 싶었다.

그걸 알 리 없는 상준은 머리를 긁적일 뿐이었지만.

"뭐, 여유 생기면 다시 돌아온다고 하긴 했는데."

"그래도 오늘이 마지막이네."

태헌의 씁쓸한 한마디에 상준은 고개를 끄덕였다.

멀리서 스태프 한 명이 달려왔다.

"자, 촬영 시작하겠습니다!"

탁.

우렁찬 슬레이트 소리와 함께, 상준과 태헌은 동시에 카메라 앞에 섰다.

"자, 여러분."

카메라 불빛이 켜지자, 김해찬 셰프가 마이크를 잡으며 입을 열었다.

상준을 힐끗 돌아본 김해찬 셰프는 미묘한 표정으로 말을 이었다.

"여덟 번째 스타들의 레시피! 오늘은 조금 독특한 주제로 돌아왔습니다."

"독특한 주제요?"

김해찬 셰프의 한마디에 출연진들이 술렁이기 시작했다.

은솔은 상준의 어깨를 툭 치며 작게 속삭였다.

"전해 들은 거 있어?"

"아뇨. 저도 모르겠는데……."

평상시 「스타들의 레시피」 방송은 미리 주제를 쥐여주고 해당 주제에 맞는 음식 레시피를 개발해 가는 과정을 담아내는 방송이었다.

그런데, 이번에는 미리 제시된 주제조차 없었다.

테이블 가득 익숙한 재료들만 있었을 뿐.

"오늘의 주제는……."

마이크를 잡은 김해찬 셰프의 시선이 상준에게 향했다.

그리고 이내, 긴장 속에서 한마디가 튀어나왔다.

"콜라보레이션입니다."

"…와."

태헌이 가장 먼저 탄성을 내뱉었다.

"콜라보레이션이면 상준 씨가 전문 아닌가요?"

"아?"

뜬금없이 자신에게 돌아온 화살에 상준은 얼떨떨한 표정을 지어 보였다. 그런 상준에게 향하는 느닷없는 흑역사.

"아리랑과 헤비메탈마저도 콜라보 하시는 분이……."

"…그걸 어떻게 아는 거죠."

"기억력이 좋아서요."

그때면 태헌과는 만나본 적조차 없는 시점이었을텐데.

상준의 의아한 눈길에, 태헌은 조용히 시선을 피했다.

'찾아봤다고는 말 못 하지.'

드림스트릿과 탑보이즈의 신곡이 나란히 1위 후보에 올랐을 때, 자격지심으로 가득 차 있던 태헌이 너튜브를 뒤적이다 찾아낸 영상이었다. 이렇게 상준을 놀리는 데 쓰일 줄은 몰랐지만.

"크흠."

어찌 되었든 태헌의 놀림은 제대로 먹혀들어 갔다.

'아리아리랑―.'

'고개를 넘어서―.'

'그는 갔어요오⋯⋯.'

아리랑과 'He's gone'의 조화로운 무대.

그때의 환상, 아니, 환장적인 무대를 떠올리니 절로 귀가 붉게 달아오른다. 당황한 기색이 역력한 상준의 얼굴을 본 김해찬 셰프가 웃으며 말을 돌렸다.

"그런 콜라보레이션은 아니고요. 그동안 여러분이 선보였던 새로운 스타일의 요리들을 콜라보 하는 주제입니다."

"그동안 저희가 한 거요?"

이번엔 임하경이 놀란 얼굴로 물었다.

「스타들의 레시피」를 통해 수많은 요리를 선보였던 출연진들이다.

그동안의 요리를 바탕으로 두 가지 이상의 요리를 섞어보라는 주제인데.

"말이 쉽지⋯⋯."

"잘못 섞으면 끔찍한 혼종이에요."

임하경의 말에 은솔 역시 고개를 끄덕였다.

태헌도 어깨를 으쓱이며 말을 뱉었다.

"저희 어머니가 그러셨는데⋯⋯. 먹는 거 가지고 장난치는 거 아니래요."

"맞다, 맞다."

격하게 태헌의 편을 드는 은솔에 김해찬 셰프는 황당하다는 듯 웃음을 터뜨렸다.

"이미 팀도 나왔는데, 그러시면 안 돼요. 두 분."

"에이, 이건 좀 말도 안 되는 주제예요."

대강 그동안 만들었던 요리를 생각해 보더라도 콜라보레이션으로 근사하게 만들어낼 법한 조화가 떠오르지 않았다.

그런데.

"아, 참고로 팀은, 상준 씨랑 태헌 씨랑, 하경 씨랑 은솔 씨예요."

"아……?"

"오, 좋은데?"

나란히 서 있던 대로 결정된 팀.

이름이 불리자마자 두 눈을 반짝이는 태헌과 달리, 상준의 동공은 빠르게 흔들렸다.

"나만 딱 믿어."

"너만 딱 믿으면 망해."

근거 없는 태헌의 허세에 상준은 일침을 갈겼다.

딴 상황이면 몰라도 이 프로그램에서만큼은 태헌과 팀이 되고 싶지 않았다.

'그동안의 요리가……'

아무리 떠올려 봐도 건질 만한 게 없다.

상준은 아득해지는 정신을 간신히 붙들었다.

"마지막 촬영이라고 너무 험난한 거 아냐?"

"푸흡."

상준의 한마디에 은솔이 웃음을 터뜨렸다.

그것도 잠시, 힘내라며 장난스러운 눈길로 파이팅을 외치고는 돌아서는 그녀다.

음식에 기본적으로 일가견이 있는 은솔과 하경이 뭉친 조합이라니.

'콜라보레이션'이라는 어려운 주제에서도 곧잘 해낼 둘이었다.

반면에, 지금 상준의 옆에는.

"후우."

"방금 한숨 쉰 거야?"

"아니, 숨 쉰 거야."

대놓고 한숨을 쉬던 상준은 은근슬쩍 태헌의 눈을 피했다.

그럼에도 태헌의 질문을 한층 집요하게 들어왔다.

"왜 숨을 그렇게 크게 쉬는 건데."

"숨이 턱턱 막혀서. 아악!"

카메라는 부쩍 친해진 둘의 대화를 열심히 담아내고 있었다.

팬들은 투닥대는 둘을 보며 동갑내기 친구들의 우정이라고 댓글을 쓰겠지만.

"오해하지 마세요, 여러분."

"……."

"진짜… 싸우는 거니까!"

켁.

열변을 토해내던 상준은 중심을 잃고 앞으로 고꾸라졌다.

"흐음."

열심히 상준의 어깨를 잡고 흔들어대던 태헌은 유유히 재료 앞에 섰다.

뒤늦게 일어선 상준이 빠르게 재료를 스캔했다.

"이 재료로 만들 수 있는 내 요리는……."

아무리 봐도 하나밖에 없다.

"감자도리."

"난 버섯 버거 재료 떠오르는데."

"맙소사."

재료가 한정되어 있기 때문에 대강 그 안에서 요리를 만들어야 했다.

제작진이 의도한 콜라보레이션은 상준의 감자도리와 태헌의 버섯 버거.

그런데.

"그 둘을 섞으라고?"

"…난 안 먹을래."

태헌은 단호하게 고개를 저었다.

본인이 생각해도 전혀 어울리지 않는 조화였다.

어떻게 섞을지는 감도 오질 않았고.

"솔직히 이건 우리가 진 거 같아."

"아니."

넋이 나간 태헌과는 달리, 상준은 두 눈을 반짝이고 있었다.

잠시 고민하던 상준의 입에서 한마디가 튀어나왔다.

"할 수 있을 것 같은데."

*   *   *

허접한 태헌의 요리 실력 때문에 사실상 요리는 상준의 몫이었지만.

태헌도 가만히 있진 않았다.

"아, 상준아. 거기선 물을 부어야지."

"……."

"헐, 이거 타는데? 타는데? 불날 거 같은데?"

"네가 끄라고!"

이쯤 되면 멱살을 안 잡은 게 다행이었다.

상준은 반쯤 해탈한 얼굴로 태헌의 어깨를 지그시 눌렀다.

"아악… 악!"

"아이고, 여기가 뭉쳤나 보네. 요리 연습을 너무 열심히 해서 그런 거 아냐?"

"그, 그런가. 악!"

그렇게 두 사람의 곡소리로 만들어진 메뉴.

"이름이 뭔가요?"

"버섯도리요."

"아?"

애니메이션 캐릭터를 연상시키는 이름.

김해찬 셰프는 잠시 당황한 얼굴로 두 눈을 끔뻑였다.

"…귀여운 이름이네요."

"마치 저희처럼요. 하하."

느닷없이 들어오는 태헌의 침투력에, 상준이 식겁한 얼굴로 옆구리를 찔렀다.

"하하."

'도영이를 소개해 줘야 하나.'

근거없는 자신감에 허세를 보니, 둘이 붙여놓으면 제대로 된 그림이 나오겠다 싶었다.

상준은 속으로 한숨을 내뱉으며 머쓱하게 웃어 보였다.

"아, 잠시 충격받아서 심사를 못 할 뻔했네요."

"괜찮아요, 하셔도 돼요."

태헌의 능청스러운 한마디에 김해찬 셰프는 웃으며 포크를 들었다.

수제 버거 형태로 다시 탄생시킨 태헌의 요리.

하지만, 그 안에는 상준의 '감자도리'의 매력이 고스란히 담겨 있었다.

'감자도리'를 감자그라탕 형식이 아닌, 버거의 형태로 탈바꿈시켜 놨으니까.

안에 들어가는 재료들도, 감자도리의 겉면에 녹아들어 갔던 치즈도.

"와."

익숙한 프렌차이즈 버거의 맛이 아니라, 완전히 새로운 맛이다.

"이건 정말 대박이네요."

김해찬 셰프는 감격스러운 표정으로 입을 벌렸다.

"계속 생각날 거 같은 맛이에요."

"그런가요."

상준은 뿌듯한 미소를 지으며 김해찬 셰프를 바라보았다.

잠시 망설이던 김해찬 셰프의 입에서 한마디 말이 흘러나왔다.

"계속 생각날 거 같으니."

"네."

"이따금 찾아주세요."

오늘이 마지막 촬영인 상준이다.

그의 말이 어떤 의미를 지니고 있는지 알기에, 상준은 미소를 지으며 고개를 끄덕였다.

"첫 요리보다 훨씬 맛있나요?"

"네. 셰프를 초빙한 줄 알았네요."

김해찬 셰프의 아낌없는 칭찬에 출연진들 사이에서도 웃음이 터져 나왔다.

상준은 미소를 지으며 고개를 끄덕였다.

「스타들의 레시피」.

상준이 예능을 통해 한 걸음 더 성장할 수 있게 만들어준 고마운 프로그램이었다. 고작 몇 달의 시간이었지만, 상준이 하고 싶은 말이 있었다.

"그러면 이 요리처럼, 더 성장해서 돌아오겠습니다."

"좋네요."

"기다릴게요."

"와아아아!"

마지막 촬영이지만, 사방에서 쏟아지는 따뜻한 시선 속에서 무사히 촬영은 마무리되었다.

태헌은 엄지손가락을 치켜올리며 상준의 옆에 나란히 섰다.

"뭘 그렇게 봐?"

"재밌었던 경험이라서."

재능의 힘으로 여기까지 온 거긴 하지만.

자신이 만들어낸 요리의 힘도, 자신의 요리를 좋아해 주는 사람들도 많이 만났던 프로그램이었다.

'나중에 또 오면 되지.'

상준이 촬영장을 마지막으로 쓰윽 훑는 동안, 태헌이 조심스레 말을 꺼냈다.

"너, 제안받았지?"

"무슨 제안?"

갑작스러운 한마디에 상준이 두 눈을 동그랗게 떴다.

이어진 태헌의 말은 더 놀라웠다.

"이은영 작가님."

아.

상준은 태헌의 말에 우두커니 멈춰 섰다.

"그걸 어떻게 알아?"

"그 프로그램, 나도 출연하기로 했거든."

'사실 어차피 바로 드라마를 들어갈 생각은 없었어요. 그냥 떠본 거지.'

상준이 드라마 출연을 거절했을 때, 이은영 작가가 내걸었던 제안.

'대신, 이 부탁은 들어줄 수 있어요?'

드라마 관련된 제안일 줄 알았지만, 그녀의 제안은 전혀 뜻밖이었다.

'예능프로그램을 처음으로 맡게 됐거든요.'

줄곧 드라마작가로 정상에 있었던 그녀였다.

그런 그녀가 처음으로 예능프로그램을 도전해 보기로 했다는 게 놀라웠지만.

곧바로 오케이를 하기는 애매했던 상준이다.

무인도의 법칙.

며칠이나 서울을 떠나 있어야 하는 스케줄도 무리였고, 기본적으로 빡센 촬영 때문이었다.

'컴백 시기에 그 스케줄을 소화할 수 있을까.'

그래서 고민하고 있었던 상준인데.

태헌은 솔직하게 밀어붙이기 시작했다.

"야, 같이 가자. 그 작가님이면 예능도 잘 짜셨을 것 같은데."

"그거야 그렇지."

"출연진도 되게 다양하더만."

태헌은 허리에 손을 올린 채 상준을 설득하기 시작했다.

제법 유명한 배우부터 아나운서까지, 다양한 인물들이 태헌의 입에서 흘러나오던 순간이었다.

"아, 맞다. 걔도 나오네. 네 팬인 애."

"누구?"

상준의 물음에 잠시 기억이 나지 않는다는 듯, 태헌은 머리를 긁적였다.

고민 끝에 익숙하지 않은 이름을 떠올려 낸 태헌이 박수를 쳤다.

"아! 걔네, 걔. 있잖아."

"……?"

태헌의 입에서 나온 이름은, 익숙한 이름이었다.

"서아린."

*   *   *

똑똑똑,

문을 두어 번 두드린 상준은 조심스레 실장실로 들어섰다.

「무인도의 법칙」.

이은영 작가가 제안했던 프로그램에 대한 조승현 실장의 허락을 받기 위해서였다.

그런데.

—상준 선수 코트를 달리고 있는데요. 그대로 들어가나요? 네, 들어갔습니다!

—와아아아아!

—5점 차로 앞서고 있습니다!

"아?"

상준은 텔레비전에 나오는 익숙한 얼굴을 보곤 머리를 긁적였다.

추석 휴가도 끝났는데 아세대 방송을 보고 있다.

몇 번이고 돌려 본 기색이 역력했다.

"크흠."

조승현 실장은 헛기침과 함께 리모컨을 들었다.

뚝.

텔레비전을 꺼버린 조승현 실장은 대수롭지 않은 얼굴로 물었다.

"무슨 일이야?"

"프로그램 제안이 들어와서요."

"프로그램?"

프로그램 제안이 직접적으로 출연자에게 들어가는 일은 흔한 경우는 아니다. 조승현 실장은 놀란 눈을 뜨더니 이내 고개를 까닥였다.

그런 제안을 건넬 사람이라면…….

"이은영 작가님?"

"네, 맞아요."

벌써 조승현 실장에게까지 이야기가 들어간 모양이었다.

상준이 고개를 끄덕이자, 조 실장은 커피 한 모금을 들이켜며 돌아앉았다.

"그러지 않아도 나가보지 않겠냐고 하려고 했는데."

"아."

원래대로라면 상준의 의견을 묻고 프로그램 출연 결정을 했을 조승현 실장이다. 하지만, 이번엔 조금 케이스가 달랐다.

조승현 실장은 머쓱한 미소를 지으며 말을 이었다.

"아, 다른 게 아니라."

추석 특집 프로그램이라고는 해도, 시청률 34프로가 나와 버린 아세대다.

거기서 대놓고 활약을 보인 탑보이즈였으니, 관련 예능 제안이 안 들어올 리 없었다.

"아세대 방송이 너무 핫해서 거절하기가 좀 그랬거든."

최서예 작가가 한 출연진에 꽂히면 소속사까지 찾아오듯 이은영 작가도 만만치는 않았다. 적극적으로 조승현 실장에게 제안해 온 탓에 거절하기도 애매한 상황이었다. 정확히는.

'굳이 거절할 이유도 없지.'

"어차피 고정 아니고 패널이니까 한번 나가봐."

상준은 고개를 끄덕이며 머리를 긁적였다.

사실 다른 건 다 상관이 없었다.

상준이 걱정하는 건 따로 있었으니까.

"그런데, 실장님."

"어?"

"제가……."

뜸을 들이던 상준은 조심스럽게 말을 뱉었다.

"무인도에서 잘할 수 있을까요?"

"……."

충격에 빠진 표정.

조승현 실장은 입을 떡 벌린 채 상준을 바라보았다.

'역시 실장님도 같은 생각을 하셨군.'

상준은 제대로 착각한 채 걱정스러운 표정을 해 보였다.

"제가 22년 동안 도시에서만 자라온 차가운 도시의……."

"아니, 그게 문제가 아니라."

"예?"

"네가 가장 잘할 거 같아."

"……."

조승현 실장의 한마디에 상준은 두 눈을 끔뻑였다.

빈말이라고 생각했지만, 조 실장은 진심이었다.

'아니, 쟤가 못하면 누가 잘해.'

조승현 실장은 상준의 어깨를 토닥이며 자연스레 실장실을 빠져나갔다.

엉겁결에 따라나선 상준은 멍한 얼굴로 조 실장의 말을 들었다.

"걱정 마. 걱정 마."

"……"

"넌 무인도에 던져놔도 아주 잘 살 거 같거든."

이게 칭찬일까.

상준은 혼란스러운 얼굴로 거듭 고개를 끄덕였다.

'기분은 뭔가 좀 묘하지만.'

그래도 저렇게 격려해 주는 사람이 있으니, 감사하다는 말은 전해야 했다.

그럴싸한 대답을 골라내던 상준의 입에서 한마디 말이 튀어나왔다.

"살, 살아서 돌아올게요."

아, 이게 아닌데.

*　　　*　　　*

조승현 실장은 아니라고 했지만, 상준의 입장은 달랐다.

첫 번째 야외 예능프로그램인 데다가, 촬영이 연달아 며칠씩 진행되는 프로그램도 처음이었다.

"3박 4일이랬나."

상준은 짧은 한숨을 내뱉으며 거울 앞에 섰다.

"쓸 만한 거 리스트에 좀 올려놔야겠네."

침을 삼킨 상준은 거울로 발을 내디뎠다.

위이잉—.

짧은 진동음과 함께 이내 익숙한 광경이 상준의 눈에 들어왔다.

펄럭펄럭.

사방을 날아다니는 책들. 바쁜 스케줄 탓에 기존에 올려둔 리스트 선에서 재능을 대여했던 상준이다. 오랜만에 찾은 재능 서고는 상준의 기억대로 퍽 포근한 느낌이었다.

'쉬다 가고 싶을 정도네.'

하지만, 시간이 없다.

"문고리……."

지난번 재능 서고에 머무르고 있다가, 유찬이 문고리를 작살 내고 들어왔던 경험이 있던 터라 조심스러울 수밖에 없었다.

어떻게 고친 문고리인데.

상준은 한숨을 내쉬며 발걸음을 재촉했다.

'이쪽으로 가볼까.'

고급 서고를 개방하며 새로 생긴 방에는 「고급편」 서재뿐만 아니라, 이전에 없었던 독특한 재능도 많이 놓여 있었다.

상준은 책을 천천히 쓸어내리며 하나씩 집어 들기 시작했다.

「불 피우기의 모든 것」.

"이것도 필요하려나."

쇼핑 카트에 물건 하나씩을 담는 심정으로 상준은 신중하게 하나씩 담아나갔다. 그 순간.

펄럭—.

상준의 앞에서 꺾으며 날아가는 초록색의 책 한 권.

'저건가.'

「신이 내린 가창력」 때도 그렇고 저렇게 대놓고 앞을 스쳐 가는 책에는 뭔가 있다. 상준은 본능적으로 두 팔을 뻗어 앞으로 나섰다.

"아홉."

어차피 아무도 없는 재능 서고긴 했지만, 혼자서 정신없이 날아가는 책을 뒤쫓고 있으니 영 모양새가 그렇다.

그도 그럴 것이.

"와, 어떻게 저걸 5분째 못 잡고 있냐."

상준은 인상을 찌푸리며 옷소매로 땀을 닦아내었다.

운동 재능이 있는데도 불구하고 이렇게까지 잡기 힘들 줄이야.

거친 숨을 헐떡이던 상준의 앞으로 빠르게 책이 스쳐 지나갔다.

'나 잡아봐라.'

마치 그렇게 말하는 듯이 상준을 약 올리며 펄럭이던 책.

상준은 이를 악물며 몸을 날렸다.

그리고.

"하, 잡았다."

상준은 격하게 펄럭이는 책을 움켜쥐고선 제목을 확인했다.

그리고, 이내 상준의 두 눈엔 혼란이 가득 찼다.

「삽질의 제왕」.

"삽질… 은 또 뭔데."

황당하기가 이루 말할 수 없다.

그렇게 힘들게 잡았는데 삽질하는 재능이라니.

상준은 머리를 긁적이며 한숨을 뱉었다.

"나, 진짜 삽질했네."

하지만 힘들게 붙들어놓은 이상 그냥 놔주고 싶지 않았다.

상준은 혀를 차며 책의 첫 장을 넘겼다.

'뭐, 쓸데가 있겠지.'

짧은 결론 끝에 우선 리스트에 재능을 올려두려던 순간.

툭.

책에서 종이 한 장이 떨어졌다.

"어?"

종이 위에 선명하게 박혀 있는 글씨.

대수롭지 않게 종이를 끼워두려던 상준은 그대로 멈춰 섰다.

"이게 뭐야."

종이에는 다음 등급의 설명이 나열되어 있었다.

상준은 떨리는 손으로 조심스레 종이를 붙들었다.

「고급 II등급」

─대여 기간 제한 없음

─대여 가능 권수: 5권

─'고급' 등급 단계의 서책들을 대여할 수 있습니다.

─'조합' 사용 가능

위의 세 줄 설명은 이전에 상준이 봤던 고급 등급의 설명과 같았다.

하지만.

마지막 줄을 확인한 상준의 두 눈이 동그래졌다.

"조합……?"

                    *   *   *

"조합이라."

상준은 피아노 치듯 손가락을 까닥이며 깊은 생각에 빠졌다.

어제 재능 서고에 다녀온 뒤에도 상준의 생각은 그쪽으로 쏠려 있었다.

그동안의 재능 서고 등급을 보았을 때, 이번 역시 체화를 통해 다음 단계를 해금하는 것일 터였다.

'조합이 뭔지는 모르겠지만.'

직관적으로 이해한다면 감이 잡히는 바는 있었다.

서로 다른 두 개의 능력을 조합하는 게 아닐까.

이를테면 「삽질의 제왕」과 「신이 내린 목소리」를.

"아니지, 그게 무슨 끔찍한 혼종이야."

감미로운 목소리로 노동요를 부르는 자신의 모습을 떠올리고만 상준이다.

"소름 돋았네."

상준은 몸을 부르르 떨며 고개를 격하게 저었다.

방금 전에 떠올린 끔찍한 생각을 머릿속에서 지워내기 위해서였다.

간신히 망상을 떨쳐낸 상준은 다시 중얼거리기 시작했다.

"조합… 조합."

"뭔 조합?"

"아악!"

갑자기 앞에 튀어나온 도영을 보고선 식겁하는 상준이다.

도영은 억울하다는 듯 작게 중얼거렸다.

"아니, 왜 놀라."

"납량 특집도 아니고 갑자기 왜 튀어나와."

얼굴부터 들이미니 당연히 놀랄 수밖에 없다.

상준이 놀란 가슴을 진정시키는 동안, 도영이 들뜬 목소리로 화제를 돌렸다.

대기실 가득 흥분한 도영의 목소리가 울려 퍼졌다.

"그건 그렇고. 오늘 끝나고 실장님이 고기 사주신대."

무대 끝나고 고기 파티가 벌어질 예정이라는 말.

"진짜? 왜? 왜?"

분명 상준에게 건넨 말인데 오히려 오른쪽에서 격한 반응이 돌아온다.

선우는 두 눈을 동그랗게 뜬 채 도영에게 물었다.

"우리 1등 했다고."

"아."

"와, 이번엔 무한 리필인가?"

"각인가!"

지난번 음악방송 1위 이후에도 탑보이즈는 나갈 때마다 1위를 쓸어 담고 있었다. 5위던 음악차트는 방송으로 입소문이 타면서 1위까지 치고 올라섰다.

콘크리트 층을 밀어내고 1위를 차지한 신인.

이제는 그 위에 안전하게 안착까지 했으니.

"실장님도 엄청 좋아하시겠네."

상준은 미소를 지으며 고개를 끄덕였다.

"1등처럼 달콤한 고기. 크으, 다 거덜 내야겠다."

"야, 그랬다간 스케줄이 는다니깐."

이미 침을 삼키고 있는 도영과 다급히 말리는 유찬.

하지만, 원래 가만히 있는 사람이 더 무서운 법이다.

제현은 조용히 막대 사탕을 주머니에 넣었다.

"넌 또 왜 비장해?"

선우의 물음에 제현은 진지한 얼굴로 답했다.

"막대 사탕 오늘은 안 먹을 거야."

"왜?"

"고기가 중요하거든."

제현의 열정적인 눈빛 앞에서 선우는 할 말을 잃었다.

본격적으로 고기를 해치우겠다는 다짐이 엿보이는 한마디다.

17세에 세상의 진리를 깨달아 버린 제현은 뒷말을 강조했다.

"형."

"어, 어엉."

"비싼 걸 많이 먹어야 돼."

그런 깊은 뜻이.

상준은 피식 웃음을 흘리며 자리에서 일어났다.

다음 무대까지는 조금 시간이 남아 있었다.

"나, 잠깐 나갔다 올게."

유찬에게 일러두고 천천히 복도를 나선 상준.

"조합……."

여전히 그 말을 중얼거리며 대수롭지 않게 복도를 걸어갈 때였다.

복도 끝에서 소란스러운 말소리가 들려왔다.

"지금 뭐 하자는 건데?"

협박하듯 낮게 깔며 내뱉는 목소리.

날이 선 한마디에 상준은 놀란 얼굴로 고개를 돌렸다.

매니저로 보이는 한 남자와 그 앞에 나란히 선 일곱 명의 실루엣.

'엿들으려던 건 아니었지만.'

시선이 자연히 그쪽으로 갔다.

복도 끝임에도 불구하고 상준이 서 있는 곳까지 말소리는 선명하게 들려왔다. 무엇 때문인지는 몰라도 단단히 화가 난 매니저가 걸 그룹 멤버들을 윽박지르고 있었다.

"니들이 뭐라도 되는 줄 알지?"

"아니에요……."

"사람들이 니들 이름은 알 거 같아? 관심도 없어. 뭣도 안 되는 것들이 연예인병에 빠져 가지고."

점점 높아지는 언성.

아무리 신인이라고 해도 발언의 수위가 높았다.

그래 봤자 마찬가지로 신인인 상준이 끼어들 수 있는 상황은 아니었지만.

'저건 좀 심한데.'

이런 상황에선 그냥 지나쳐 가는 게 맞을지도 모른다.

그런데.

실루엣의 얼굴을 확인한 상준은 인상을 찌푸릴 수밖에 없었다.

"서아린……?"

익숙한 얼굴이 서 있었으니까.

*　　　　　*　　　　　*

　유플라이는 그렇다 할 성과를 내지 못하고 있었다.

　'드라마 인 드라마' 이후로 아린은 아무런 방송 스케줄도 받지 못했고, 그나마 알려지고 있던 인지도마저도 사그라들었다.

　'다 우리 때문이지.'

　잘나지 않아서. 그래서 돋보이지 않아서.

　아린은 모두 자신의 탓으로 돌려왔다.

　그런데.

　"야, 니들이 튀어야 할 거 아냐?"

　"……."

　"연습이라도 똑바로 하든가. 이런 애들이 허구한 날 소속사 탓이나 하지. 니들이 부족한 건 멱살 잡고도 못 끌어올려, 알아?"

　막상 이렇게 들으니 심장이 무너져 내릴 것 같았다.

　'너네가 부족하잖아.'

　그 한마디를 몸소 깨닫는 기분이었으니까.

　연습을 소홀히 한 적은 없었다. 매달 숨을 옥죄어오는 월말 평가, 그리고 데뷔 평가까지. 꿈을 향해 함께 달려가던 연습생들이 하나씩 엔터를 나가는 동안에도.

　'연습만 했으니까.'

　기약 없는 연습. 그래도 버틸 수 있었다.

　데뷔만 하면 모든 게 바뀔 줄 알았으니까..

　하지만, 현실은 절대 녹록지 않았다.

매니저는 짙은 한숨을 내쉬며 유플라이 멤버들을 쏘아보았다.

"그러니까 빨리빨리 안 다니냐고. 단체로 빠져 가지고."

어느덧 10분이 넘게 이어진 잔소리였지만, 그의 훈계는 끝날 새를 안 보였다.

다시 한번 한숨을 내뱉은 매니저는 다시 고개를 돌렸다.

"니들이 어려서 그래. 사회생활을 안 해봤으니 알 턱이 있나."

아린은 도무지 이해할 수가 없었다.

새벽 4시까지 이어진 연습 탓에 5분 늦게 일어난 것이, 이렇게 줄곧 타박을 받아야 하는 이유라는 게.

어쩌면 매니저의 말이 맞는지도 몰랐다.

어려서. 아직 사회생활을 해보지 않아서.

그래서 이렇게 10분째 서 있어야 하는 이유를 이해하지 못하는 거라고.

"못 하겠으면 지금이라도 그만둬."

숨이 턱턱 막혀왔다.

언성을 높이며 이어지는 타박은 일상이었고, 실력이 부족하다고 까 내리는 건 빈번한 일이었다. 매니저의 눈치를 보고 서 있던 막내 예나가 갑자기 훌쩍이기 시작했다.

"……."

손으로 입을 막으며 고개를 숙였지만, 티가 나지 않을 리가 없었다.

겨우 15살인 팀의 막내 예나다.

팀을 해체시켜 버리겠다는 소속사의 협박도 자주 들어온 유플라이였으니, 매니저의 한마디에 겁을 먹은 모양이었다.

"하."

이쯤 되면 달래줄 법도 한데, 매니저의 인상은 아까보다 더 험악해졌다.

이윽고 날카로운 한마디가 복도를 울렸다.

"넌 또 뭘 잘했다고 울어?"

"아니… 에요."

"후우."

매니저는 머리를 짚으며 싸늘한 눈길로 아린을 돌아보았다.

"내가 괜히 하는 말 같지? 이 바닥에 너네처럼 묻히는 가수가 한둘인 줄 알아? 지금이라도 때려치우고 행사 위주로 뛰든가."

JS 엔터와는 달리 유플라이는 중소 엔터 소속이었다.

제대로 된 회사 차원의 홍보도 없었을뿐더러, 방송 스케줄조차 잡아 오지 못했다. 그럼에도 돌아온 건 무책임한 말들뿐이었다.

"……."

대답 없이 고개를 숙이고 있는 멤버들을 향해 차가운 말이 이어졌다.

"너네가 왜 못 뜨는지 알아?"

속으로 짐작은 하고 있었지만, 실제로는 훨씬 더 잔인한 한마디.

그 한마디가 매니저의 입에서 아무렇지 않게 흘러나왔다.

"상업성이 없어서 그래."

차디찬 말.

그 말에 아린이 상처받은 속마음을 삼키고 있던 순간.

"……."

데구르르.

콜라 캔 하나가 복도를 굴러 정확히 매니저의 발 앞에서 멈췄다.

"아, 죄송합니다."

능청스러운 목소리로 고개를 까닥이며 자리에서 일어서는 상준.

매니저는 당황한 눈길로 상준을 돌아보았다.

콜라 캔을 줍기 위해 자연스레 유플라이와 매니저 사이로 끼어든 상준이다.

"아."

상준은 콜라 캔 뚜껑을 옷소매로 닦으며 입을 열었다.

"실수로 떨어져서요."

"나상준 씨… 맞죠?"

"네, 그런데요."

상준은 담담한 얼굴로 매니저를 정확히 응시했다.

유플라이 멤버들에게 하던 훈계가 어정쩡한 타이밍에 끝나 버린 것이 못내 언짢았지만, 매니저는 별다른 말을 하지 않았다.

'같은 신인이라도……'

화제의 반열에 오른 상준과 유플라이는 다르다.

더욱이 JS 엔터 소속이니 함부로 대할 수 없다.

"후우."

매니저는 깊은 숨을 들이쉬며 유플라이 멤버들을 향해 눈을 흘겼다.

타이밍 나쁘게 난입해 버린 상준에 더 이상 잔소리를 이어갈 수는 없었지만, 퉁명스러운 한마디는 끝까지 내뱉는 그다.

"이따 마저 말하고. 너네도 들어가서 준비해."

"네."

"네……."

상처가 될 말들을 뿌리고서 홀연히 사라지는 매니저.

상준은 그 뒷모습을 보며 씁쓸한 미소를 흘렸다.

"하."

사실 잠자코 보고만 있으려 했다.

다른 엔터에서 벌어지는 일이야, 상준이 나선다고 해서 해결되는 건 없으니까.

지금도 잠시 폭언을 멈춰놓았을 뿐, 무대 뒤에서 벌어지는 일들은 상준이 도와줄 수 있는 부분이 아니기 때문이었다.

그럼에도.

상준이 콜라 캔을 던졌던 이유는 하나였다.

'이따위로밖에 못 해?'

'이게 춤이야? 목각 인형도 너보단 잘 추겠다.'

'넌 그냥 재능이 없는 거야, 알아?'

아무런 말도 하지 못하고 푹 고개를 숙이고 있는 아린의 모습에서, 자신의 과거가 겹쳐졌으니까.

상준은 걱정스러운 눈길로 아린을 돌아보았다.

이미 붉게 충혈된 눈으로 아린은 고개를 숙이고 있었다.

"괜찮… 아요."

아린은 떨리는 목소리로 조심스레 입을 열었다.

상준은 고개를 저으며 단호하게 답했다.

"안 괜찮아요."

금방이라도 쓰러질 듯이 창백한 얼굴이다.

그렇기에 이번만큼은 아린의 말에 동조할 수 없었다.

아린은 쓸쓸한 미소를 지으며 간신히 벽에 기댔다.

"틀린 말도 아니잖아요. 상업성이 없는 거."

"……."

"다 맞는 말이니까."

아린이 상준의 팬이 되었던 이유는 단 하나였다.

가만히 서 있어도 빛이 날 정도로 이목이 끌리는 사람이었으니까.

그런데 자신은.

아니다. 흔하디흔한 신인 아이돌 중에 하나일뿐.

날카로운 말들이긴 하지만 인정할 수밖에 없었다.

상준의 생각은 달랐지만.

"그러니까, 전 괜찮……."

상준의 손길을 뿌리치고서 돌아서려던 아린은 당황한 얼굴로 고개를 들었다.

아까까지만 해도 걱정스러운 낯빛으로 자신을 내려다보던 상준의 얼굴이 굳어 있었다.

아린은 대수롭지 않다는 듯 웃어 보이며 뒤로 물러섰다.

"왜 그래요. 진짜 괜찮아요."

사실 이런 상황에선 어정쩡한 위로도 독이 될 수 있다.

하지만.

이 한마디는 건네고 싶었다.

"왜 본인의 가치를 숫자로 매기려 해요?"

"네?"

아린은 놀란 눈으로 고개를 들었다.

너무도 당연한 말인데도, 상준조차 잊고 지냈던 한마디가 흘러나왔다.

"세상에 숫자로 표현되는 거 많죠. 많은데……."

"……."

"근데 딱 표현 안 되는 게 하나 있어요."

숫자로도 표현이 안 되는 것.

"그게 바로 사람이에요."

상준의 한마디에 아린의 두 눈이 일렁였다.

애써 참고 있던 눈물이 자꾸 새어 나오려 하고 있었다.

정상을 달리던 사람이 나락으로 떨어질 수도 있고, 바닥을 기던 사람이 한순간에 떠오를 수도 있다. 그게 연예계다.

겨우 데뷔한 지 3개월도 되지 않은 신인을 저리도 꺾어버리려는 이유를 알 수 없었다.

'그 사람은 미래를 보나.'

상준은 조소를 머금은 채 매니저가 사라진 자리를 노려보았다.

재능 없는 상준조차도 하루아침에 기적이 나타난 마당에, 아린이라고 아니리라는 법이 없다.

그런 의미에서 상준이 단언할 수 있는 건 하나뿐이었다.

"이 바닥은 아무도 몰라요. 누가 아린 씨에 대해 단언하듯 하는 말들, 굳이 새겨들을 필요 없다는 소리예요."

"그, 그렇죠."

"저, 한번 볼래요?"

허공에서 둘이 시선이 닿았다.

자꾸만 손에서 미끄러지려 하는 콜라 캔처럼, 지금의 아린은 위태로워 보였다.

"한번 대답해 줄래요?"

자신이 걸었던 길처럼, 상준은 아린이 스스로 자책하지 않길 바랐다.

그렇기에 묻고 싶었던 한마디.

상준은 아린에게 콜라 캔을 쥐여주며 물었다.

"…나는 안 팔릴 사람인가요?"

그 순간.

툭.

아린의 눈에서 투명한 눈물이 떨어져 내렸다.

*　　　　*　　　　*

"후우."

그 뒤로 아린이 어떻게 지내는지 상준은 알 길이 없었다.

「무인도의 법칙」이 오랜만의 예능 출연인 만큼 거기에 온전히 힘을 쏟고 있다고 전해 들었을 뿐이었다.

하지만.

"내 코가 석 자네."

지금 아린을 신경 쓸 겨를은 없었다.

아린과는 다른 이유로 상준에게도 해야 할 숙제가 남아 있었으니까.

상준은 퀭한 얼굴로 한숨을 내쉬며 일어섰다.

"조합… 조합."

그놈의 조합이 뭐길래.

상준은 좀비처럼 중얼거리며 책을 움켜쥐었다.

"형, 형?"

"으어……."

"왜 그래? 뭐 잘못 먹었어?"

분명 걱정인데 상준이 예상한 따스함은 아니다.

유찬은 심각한 얼굴로 상준을 바라보았다.

"뭐 잘못 먹었냐고."

"아니, 그건 아니야."

상준은 손사래를 치며 제현이 두고 간 막대 사탕을 입에 물었다.

진이 빠질 지경이 되니 절로 당이 당겨서였다.

안색이 창백해 보이는 상준에, 유찬이 의아한 얼굴로 다가선 순간.

삐리리리— 삐리리—.

구슬픈 음색의 연주가 다시 시작되었다.

'왜 저러지, 무섭게.'

유찬은 경악하며 뒤로 물러섰다.

오늘 아침부터 줄곧 악기 연주에 몰두한 상준이었다.

피아노, 드럼에 이어 기타까지. 셀프 밴드 연주를 마친 상준이 아까부터 집어 든 건 바로 리코더였다.

"형… 형."

삐리리리—.

유찬의 다급한 손짓이 허공을 가르는 동안, 상준은 넋이 나간 얼굴로 리코더를 붙들었다.

애달픈 리코더 연주와 함께 유유히 멀어지는 상준.

쓸쓸하기가 이루 말할 데 없는 연주다.

"에?"

제현이 막대 사탕을 우물거리며 유찬을 향해 걸어왔다.

"상준이 형 왜 저래?"

"그러게."

뒤에서 웅성대는 두 동생들과는 달리, 상준은 제법 진지한 얼굴이었다.

「무인도의 법칙」촬영 전에 끝내고 가기로 다짐한 게 있었으니까.

'고급 II등급······.'

서고의 등급을 한 단계 더 올리고 가는 것.

「열정 가득 요리 천재」와 「위대한 언변술」재능을 끝끝내 체화해 냈다. 일반 서고에서 고급 서고로 등급을 올리는 데 총 다섯 번의 체화가 필요했다면, 세 번의 체화로도 세부 등급이 바뀌지 않을까.

그렇게 짐작한 상준이었다.

"아, 아니면 어떡하지?"

그래 봤자 확신 없는 추측일 뿐이었지만.

상준은 우두커니 멈춰 선 채 심각한 얼굴이 되었다.

"진짜 아니면······."

이런 고민에 빠질 바에야 조금이라도 달성률을 올리는 게 나았다.

삐리리리―.

불길한 예감을 떨쳐내고자 하는 상준의 피리, 아니, 리코더 소리가 한층 애달프게 울려 퍼졌다. 거실에 서 있던 유찬과 제현은 급기야 멍한 얼굴로 눈빛을 주고받았다.

"슬, 슬퍼."

"정말 쓸데없이 감동적이네."

모르는 사람이 들었으면 정말 눈물을 흘렸을지도 모르는 일이다.

'He's gone~'

'가버려써어……'

'He's gone'의 애절한 멜로디를 따라 음을 얹어가던 풍부한 리코더 소리.

그 소리는 상준의 머리 위로 뜬 메시지와 동시에 멈췄다.

띠리링―.

"헉."

혹시나 더 조건이 까다로울까 봐 걱정했지만, 그런 상준의 걱정은 기우일 뿐이었다.

['재능 서고'의 회원 등급이 '고급 II' 등급으로 상승하였습니다.]

['조합' 능력이 추가로 개방됩니다.]

선명하게 눈앞에 떠오른 메시지와, 새하얀 빛이 감도는 초록색 책.

거기에 더해져 '조합'이라고 불리는 새로운 능력까지.

상준은 감격에 찬 목소리로 외쳤다.

"떴다… 떴어!"

'조합' 능력.

따로 설명서가 있는 것도 아니었지만, 눈앞에 떠오른 두 개의 창을 보며 상준은 대강 짐작했다.

'말 그대로 능력을 조합하는 걸까.'

아무 생각 없이 책 한 권을 허공에 가져가려던 상준은 멈칫했다.

[현재 상태에서는 능력을 사용할 수 없습니다.]

붉은 글씨와 함께 떠오르는 메시지.

어느 정도는 짐작했던 바였지만, 상준은 피식 웃음을 흘리며 책을 챙겨 들었다.

"확인해 봐야겠네."

상준의 흐릿한 한마디와 함께.

위이이잉—.

드레스 룸의 거울이 일렁였다.

*   *   *

펄럭—.

상준은 여느 때처럼 자신을 반기는 책들을 지나쳐 책장으로 향했다.

"어디지."

잠시 고민할 새도 없이, 상준의 시선이 오른쪽으로 향했다. 상준의 눈에 들어온 건 이전에는 없던 낯선 책상이었다. 고급진 원목으로 지어진 듯한 낡은 책상.

상준은 홀린 듯이 책상 앞으로 다가섰다.

"이건가."

상준이 허공에서 봤던 것처럼 두 개의 홈이 뚫려 있는 책상이다.

상준은 손으로 책상을 쓸어내리며 구조를 살폈다.

파인 구멍에 책을 끼워 넣으면 되는 모양이었다.

"흐음."

상준의 시선이 손에 쥔 책으로 향했다.

「무인도의 법칙」.

떠오르는 재능들은 수없이 많았지만, 시험해 보고 싶은 재능은 따로 있었다.

'상업성이 없어서 그래.'

미래를 단정하듯 매니저가 오만하게 내뱉었던 말.

그 말이 틀렸다는 걸 증명하기 위해서라도 필요한 재능이었다.

상준은 결심한 듯 책 한 권을 움켜쥐었다.

「위대한 교육자」.

상준의 손에서 환하게 빛나는 하늘색의 책.

상준은 책을 홈에 끼워 넣고선 두 눈을 반짝였다.

"남은 하나는……."

갈색 책 한 권을 남은 구멍에 끼워 넣으며, 상준은 미소를 지었다.

"이거면 됐다."

확신에 찬 상준의 한마디와 동시에.

책상에서 환한 빛이 쏟아져 나왔다.

*　　　*　　　*

"이거 꼭 챙겨야 한다니까."

"형, 이거 내가 찾아봤는데. 이게 꼭 필요하대."

「무인도의 법칙」 촬영 당일 날.

이른 아침부터 제주도로 향하는 비행기를 타기 위해 준비 중인 상준보다도 더욱 분주한 건 멤버들이었다.

"아아아악! 이것도! 이것도!"

데뷔 이후로 이렇게 오랫동안 떨어져 지낸 적이 없었던 멤버들이다.

그래서인지 멤버들 역시 마치 자신들이 여행을 떠날 사람들인 것처럼 잔뜩 들떠 있었다.

"형."

급기야 제현은 무서운 말을 꺼냈다.

"살아서 돌아와."

"그, 그래."

그 와중에 쓸데없이 진지한 얼굴이다.

누가 보면 촬영이 아니라 정말 무인도에 홀로 남겨지는 줄 알 터였다.

상준이 한숨을 내쉬며 짐을 챙기는 동안, 도영이 난리를 치며 얼음 팩을 집어 들었다.

"이것도 넣어, 어서."

"이건 또 왜?"

도영이 꼭 필요한 물건이랍시고 밀어 넣은 게 벌써 열 개째다.

이러다간 캐리어를 끌고 가다가 바닥에 쓰러질지도 모르는 일이었다.

상준은 의아한 표정으로 도영을 돌아보았다.

도영은 진지하게 얼음팩을 흔들어 보였다.

"형, 잘 생각해 봐. 무인도에 뭐가 없어? 물이 없잖아."

"그, 그렇지."

"근데 물을 챙겨 가면 어떻게 돼?"

"물을 챙겨 가게 되겠지?"

"아, 형."

도영은 푹 한숨을 내쉬며 혀를 찼다.

담담한 상준과 달리 도영은 심각한 얼굴이었다.

"물이 따듯해질 거 아니야. 가는 길에. 그러니까, 얼음 팩을 챙겨야지. 시원하게 마셔야 할 거 아니야, 형."

"그, 그니까. 녹여 먹으라고, 이걸?"

"그렇지."

쓸데없이 당당한 도영.

상준은 두 눈을 끔뻑이며 고개를 갸우뚱했다.

시원하게 마시라는 도영의 말이 퍽 이해가 가지 않아서였다.

잠시 고민하던 상준은 조심스레 입을 뗐다.

"근데, 도영아."

"내 말이 맞지? 내가 천재지? 크으, 봐. 내가 탑보이즈의 브레인이라니깐. 내가 없으면 어쩔 뻔했어."

속사포로 이어지는 도영의 말을 자르며, 상준은 진지하게 덧붙였다.

"얼음 팩을 가져가도 녹지 않을까?"

"아?"

제주도까지 비행기를 타고 간 후에는 무인도까지 직접 배로 이동한다.

아이스박스를 챙겨 가는 것도 아니고, 조그마한 얼음 팩을 몇 개 들고 가겠다니. 상준은 도영의 어깨를 토닥이며 말을 이었다.

"자, 도영아. 우리 생각이라는 걸 해보자?"

"아아?"

"얼음이 녹으면 물이 되지?"

"그렇지? 차가운 물이 되잖아."

"차가운 물을 놔두면 뭐가 되지?"

이윽고 이어지는 침묵.

도영은 어깨를 두르고 있는 상준의 손을 치워내며 두 눈을 동그랗게 떴다.

"…와."

"그걸 그렇게 대단하다는 듯이 바라보지 말아줄래?"

상준은 기가 차다는 얼굴로 피식 웃음을 흘렸다.

그럼에도 도영은 이미 흥분 상태였다.

"형은… 천재야!"

정말 부끄럽다.

상준은 달려드는 도영을 밀쳐내며 유찬에게 눈길을 보냈다.

"형이 이해해라."

유찬은 이미 해탈했다는 표정이었다.

그 표정이 도영의 화를 돋우었지만.

도영은 억울하다는 듯 언성을 높였다.

"야, 엄유찬! 너, 그 표정 뭐냐. 마치 너는 다 알고 있었다는 듯이……?"

"그걸 모르는 게 비정상이지! 야, 제현아. 넌 알고 있었지?"

"뭐가?"

상준이 챙겨야 할 옷가지를 뒤적이던 제현이 놀란 얼굴로 고개를 들었다.

옆에 있던 선우가 혀를 차며 제현의 손목을 툭 쳐냈다.

"아니, 넌 형 거를 왜 또 훔치고 있어."

"이 옷, 내 스타일이야."

캐릭터 그림이 그려진 옷을 하나 집어 든 제현은 은근슬쩍 옷을 자신의 몸에 가져다 대었다.

"어때?"

심지어 그걸 상준에게 묻는 당당함.

상준은 황당한 낯빛으로 제현을 물끄러미 바라보았다.

"그, 그……. 잘 어울리네."

"세상에, 감동이야."

감동받으라고 한 얘긴 아닌데.

제현이 감격에 찬 얼굴로 중얼거리는 동안, 유찬은 아직도 미련을 버리지 못한 상태였다.

"아니, 그래서 제현아, 넌 알지? 차도영이 멍청한 거지? 물이……."

"물은 맛있지."

"아, 그래."

제현에게 정상적인 답을 기대하는 게 잘못이었다며 유찬은 고개를 돌렸다.

난장판이 따로 없다.

구석에 앉아 있던 선우는 묵묵히 상준의 짐을 정리하다가 입을 열었다.

"아, 그것도 챙겨야 하네. 상준아. 나갈 때 사자."

"또 뭔데. 뭔데!"

"불 피워야 하잖아. 토치."

"토… 토치?"

예상 밖의 스케일에 상준은 기겁했다.

"내가 아는 그 토치 맞지? 팍 쏘는거."

"그래, 불 활활 나오는 거!"

"이야, 미쳤구나. 너가?"

이 와중에도 한없이 당당한 선우에, 상준은 감탄했다.

선우는 오히려 그런 상준이 걱정스럽다는 듯 말을 얹었다.

"라이터나 성냥은 불 피우는 데 힘들잖아. 편하게 살아야지."

"아… 아?"

이런 화끈한 친구를 봤나.

섬세한 배려를 생각한다면 선우다운 생각이긴 했다.

'잡혀갈 뿐이지.'

상준은 해탈한 얼굴로 입을 열었다.

"너네들 나 안 보내려고 그러지?"

공항에서 백스텝 하길 진심으로 바라는 눈치다.

그게 아니라면.

"아예 날 보내 버리고 싶구나?"

이건 둘 중 하나임이 분명했다.

안 보내거나, 아예 확 보내 버리거나.

상준의 한마디에 선우는 뒤늦게 큰 깨달음을 얻은 눈치였지만, 상준의 옷을 걸쳐 입고 싸돌아다니던 제현은 의아한 눈치로 말을 거들었다.

"왜? 뭐가 문젠데?"

"비행기를 못 탄단다, 제현아."

상준은 이를 악문 채 제현을 강제로 앉혔다.

제현은 두 눈을 굴리며 상준에게 물었다.

"비행기에 또치를 못 들고 타?"

"……"

"그치. 못 들고 타겠지. 또치는 사람이 아니잖아."

망할.

상준의 혈압이 올라 쓰러지기 직전.

다행히, 숙소의 문이 열렸다.

띠리링.

"매, 매니저님!"

송준희 매니저가 문을 열고 들어서자마자, 상준은 구원자라도 되는 듯 그를 향해 달려갔다.

"어? 무슨 일이야?"

송준희 매니저는 얼떨떨한 표정으로 상준을 바라보았다.

하지만, 그것도 잠시.

손목에 찬 시계를 확인한 송준희 매니저는 다시 분주해졌다.

"어서 출발해야겠다. 비행기 시간 맞춰야지."

"이야, 공항 패션!"

베이지색 후드재킷이 캐주얼하면서도 적당히 잘 받쳐준다.

도영은 상준의 옷을 쓰윽 훑더니 만족스러운 듯 엄지손가락을 치켜올렸다.

"웬일로 잘 입었네."

"욕이냐 칭찬이냐, 그건."

송준희 매니저는 투덕대는 둘을 뒤로하고 캐리어를 움켜쥐었다. 그리고는 텅 빈 가방을 상준에게 넘겼다.

"이거 메봐."

"새 가방이네. 이게 뭐예요? 설마… 협찬?"

도영이 호들갑을 떨며 가방 고리를 잡아당겼다.

드르르륵.

송준희 매니저는 캐리어를 끌며 대충 고개를 끄덕였다.

"협찬 맞으니깐 잘 보이게 메고 있어. 공항 나올 때만 사진 찍히면 되니까."

"크으, 대박이네. 형."

방송 출연상 협찬이 주어진 경우는 몇 번 있긴 했지만, 이렇게 단독으로 가방 협찬이 들어온 건 처음이었다. 상준은 뿌듯한 표정으로 가방을 내려다보았다.

뒤에서 지켜보던 유찬은 피식 웃으며 말을 얹었다.

"저런 거 시키면 상준이 형은 진짜 열심히 한다니까요."

상준을 정확히 관통하는 유찬의 말.

그리고, 그 말은 현실이 되었다.

*　　　*　　　*

"자, 내려주세요."

"이쪽으로 오시면 됩니다."

아흑.

상준은 졸린 눈을 비비며 자리에서 일어났다.

해외 출국도 아니고 국내 공항이긴 하지만, 어제 잠을 설쳐서인지 머리를 대자마자 잠에 빠졌던 상준이었다.

거기엔 지난주의 빡센 재능 체화 스케줄 때문도 있었고.

"이야, 가방 협찬받은 거야?"

몽롱한 정신을 깨운 건 태헌의 목소리였다.

한눈에 봐도 텅 비어 보이는 가방이다.

태헌의 가죽 가방의 옆구리를 찌르며 말을 던졌다.

"근데 이거 대놓고 아무것도 안 들은 느낌 나는데."

비행기에서 내리는 와중에도 쉴 새 없이 조잘대는 태헌.

상준은 그런 태헌의 말을 대충 흘려듣지 않았다.

"그렇게… 티 나?"

아직 졸려서 사리 분별이 잘 되지 않는 상준이다.

그런 빈 틈을 타 태헌이 손에 쥔 물병을 상준의 가방에 넣었다.

"뭐라도 좀 넣어."

"……."

"이것도 넣을래?"

은근슬쩍 자신의 짐을 상준의 가방으로 옮기는 태헌이다.

"음?"

그사이에 정신이 든 상준이 눈치챘지만.

"뭐 하냐."

"헉, 잘못 들어갔… 아악!"

가볍게 태헌을 응징한 상준은 대수롭지 않게 가방을 등에 멨다.

그런데.

'좀 별론데.'

가방이 자꾸만 가려진다.

후드집업 재킷을 입은 탓에 축 처진 모자가 가방을 반이나 가리고 있었다.

명색이 협찬인데 이러면 영 멋이 안 산다.

"이렇게 할까."

협찬을 받은 만큼 열심히 해야 한다는 상준의 모토.

쓸데없는 열정이 또다시 불붙기 시작했다.

'이러면 되겠네.'

고민을 마친 상준이 만족스러운 미소를 짓는 사이, 「무인도의 법칙」 팀은 단체로 이동하기 시작했다.

"자, 나갈게요."

제작진의 안내에 따라 발을 내디딘 상준.

공항 게이트를 통과하자마자 멀리서부터 셔터 소리가 들려왔다.

"와아아아!"

바깥에서 들려오던 함성은, 상준이 게이트를 통과하자마자 거세졌다.

탑보이즈의 팬들과 드림스트릿의 팬들까지.

아직 형체만 보이는 거리임에도 난리가 났다.

"탑보이즈! 탑보이즈! 와아아— 저기 온다!"

"꺄아아아아!"

제주공항에 모인 채 피켓을 흔들어대는 팬들에, 태헌은 놀란 얼굴로 말했다.

"와, 사람 진짜 많다."

"그러게."

비록 해외 출국은 아니지만, 괜히 공항 패션이라는 게 아니다.

이은영 작가의 기획으로 시작된 「무인도의 법칙」.

작가의 네임도 네임이지만, 출연진도 화려하다.

이미 촬영 전부터 기자들이 관심이 이쪽으로 쏠려 있었다.

상준은 셔터 소리에 긴장한 얼굴로 침을 삼켰다.

'최대한 멋있게.'

두 눈을 반짝이며, 당당하게 걸어 나가는 상준이다.

그런데.

상준이 선두에 나선 순간.

"……."

이내 공항에 정적이 흘렀다.

*　　　　*　　　　*

─아니, 저게 뭐냐고ㅋㅋㅋㅋㅋㅋㅋㅋㅋㅋㅋㅋ

└누가 저렇게 메라고 알려줌?

└옆에서 즐거워하는 태헌이 jpg.

└너어는… 진짜 나빠따

└그걸 웃고만 있으면 어떡함ㅋㅋㅋㅋㅋ

└아무도 안 도와줬다고 한다…….

—협찬 광고마저 열심히 하는 나상준

　ㄴㅋㅋㅋㅋㅋㅋㅋㅋㅋ이거다

　ㄴ누가 협찬 어필을 저렇게 열정적으로 하죠?

　ㄴ광고주들 마음 흔들리는 소리 여기까지 들린다

　—와^^ 정말 가방만 보이네요

　ㄴ우리 애는 왜 안 보이죠?

　ㄴ가방이 중요한 포인트이기 때문이죠^^

　ㄴㅋㅋㅋㅋㅋㅋㅋㅋㅋㅋㅋㅋ

　—전 됐고 가방 많이 찍어주세요

　ㄴ자신보다 광고를 중요시하는 광고모델

　ㄴ이야 바람직하다!!!

　ㄴ자랑스럽다 탑보이즈

　남들이라면 공항 패션이라는 간단한 설명과 함께 한 자리 차지했을 가벼운 스케줄이다. 그런데 그걸 연예 뉴스 전면에 띄워놓았다.

　"크헉."

　물 한 잔을 마시려던 조승현 실장은 댓글을 보고는 사레가 들렸다.

　"하여간 독특해."

　사진을 보니 저런 뜨거운 반응이 이해도 간다.

　노트북 화면 가득 해맑게 걸어가고 있는 상준의 사진.

　'가방이 가려지면 안 되는데.'

　그 짧은 판단은 이상한 생각 회로를 타고 저런 결과를 만들어내었다.

가방을 등에 메는 게 아니라, 앞에 메는 신박한 자세라니.

그 모습은 마치 이렇게 외치는 듯했다.

'가방 봐주세요! 가방 봐주세요!'

공항 패션을 기대하던 팬들의 시선이 자연히 가방에 쏠릴 수밖에 없었다.

실시간검색어는 완전히 「무인도의 법칙」 관련으로 장식되어 있었다.

1. 나상준
2. 탑보이즈
3. KSL 가방
4. 무인도의 법칙

나란히 실시간검색어를 차지해 버린 위력.

가방 브랜드까지 빠르게 떠오르고 있으니, 지금쯤 광고주들도 미소를 짓고 있을 터였다.

정작 상준은 그런 의도가 없었지만.

'학교 다닐 때 많이 이러고 다녔는데.'

대수롭지 않게 생각했던 상준은 예상외의 반응 앞에 적잖이 당황했다.

사방에서 정신없이 웃어대는 팬들.

놀란 얼굴로 멀뚱멀뚱 카메라를 쳐다보는 장면까지도, 고스란히 기사로 올랐다.

"아니, 협찬이라고 어필하는 중이냐고."

조승현 실장은 못 말린다는 듯 혀를 찼다.

협찬 광고마저 저렇게 성실하게 하다니.

광고주들이 정말 탐낼 만한 모델이다.

그 증거로.

"이야, 광고가 아주 쏟아지네."

조승현 실장은 흐뭇한 미소를 지으며 노트북을 덮었다.

이 중에서 탑보이즈에게 딱 맞는 광고를 찾으려면 조금 시간이 걸릴 터였다.

고민이긴 해도 기분 좋은 고민임이 분명했다.

"흐음."

벽에 걸린 시계를 확인한 조 실장은 의자를 빼고 자리에서 일어났다.

3시 30분.

지금쯤이면 비행기에서 내렸을 시간.

'첫 야외 예능인데.'

조승현 실장은 걱정 반 설렘 반의 심정으로 말을 흐렸다.

"잘하고 있으려나……."

*　　　　*　　　　*

탈탈탈.

상준이 탄 배는 열심히 무인도를 향하고 있었다.

아침 일찍 일어나 비행기 탑승까지, 충분히 빡센 일정이었지만 이제부터가 진짜 시작이었다.

"네 시간 간댔잖아."

"으어어어어……."

출발한 지 세 시간은 족히 넘었으니 조금만 더 버티면 되긴 했다.

'근데 상태가 영 안 좋아 보이네.'

태헌은 이미 넋을 놓은 얼굴이었다.

하지만, 카메라의 붉은빛은 켜져 있다.

그 말인 즉슨, 이 상황에서도 방송을 진행해야 한다는 의미였다.

"자, 다들 살아 있죠?"

각종 예능프로그램에 얼굴을 비치는 아나운서 정남규.

그의 호탕한 목소리가 반쯤 기절해 있는 출연진들을 깨웠다.

"살, 살아 있어요……."

김 혁이 초췌해진 얼굴로 고개를 들었다.

배구선수지만 예능프로로도 잘 알려진 그다.

늘 방송에서 멀끔하게 있던 모습만 봐왔는데, 짧은 사이에 10년쯤 더 늙은 모습이었다.

"와, 진짜 장난 아니네요."

정남규는 머리를 짚으며 출연진들을 한번 돌아보았다.

둘뿐만 아니라 다른 이들도 상태는 비슷했다.

괴상한 소리를 내며 자꾸만 앞으로 고꾸라지고 있는 태헌.

그리고 애써 멀쩡한 척을 하려 애쓰는 막내 아린까지.

'다들 정상이 아닌데…….'

고개를 돌리던 순간, 정남규는 잠시 멈칫했다.

'뭐지.'

"전 괜찮습니다."

탈탈거리는 배 안에서도 한없이 평온해 보이는 얼굴.

'아, 그 가방 광고하던 친구.'

공항에서 워낙 인상이 깊게 남았기에, 정남규는 피식 웃으며 상준에게 말을 걸었다. 그 역시도 속이 울렁거려 미칠 지경이었지만, 그럼에도 방송 진행은 해야 했다.

"뱃멀미 안 하나 봐요."

"그런가 봐요."

사실 살면서 배를 처음 타본 상준이다.

「바다의 항해사」.

혹시 몰라서 저 재능까지 미리 리스트에 올려놓았지만.

상준은 놀라우리만치 멀쩡했다.

덕분에 재능을 굳이 사용할 필요도 없었다.

상준은 능청스럽게 말을 받았다.

"제 몸에 항해사의 피가 흐르는 걸까요."

"뱃멀미, 하는 것 같은데?"

"아닙니다."

장난스럽게 던진 정남규의 말에 상준은 진지한 얼굴로 답했다.

"푸흡."

예능 신인다운 각이 선 태도.

정남규는 신선한 캐릭터라며 중얼거리고선 제작진을 돌아보았다.

카메라를 설치한 상태였지만 다들 상태가 좋지는 않다.

이런 야외 예능을 자주 접해본 정남규는 그나마 참고 있는 거였지만, 이 상태로는 딱히 꺼낼 화젯거리가 없었다.

그 순간.

상준이 열의에 찬 눈빛으로 손을 들었다.

"저희 뭐라도 해볼까요?"

"오호, 하고 싶은 얘기 있어요?"

신인이 저렇게 먼저 의견을 제시하는 경우는 흔치 않다.

정남규는 흥미롭다는 눈길로 상준을 돌아보았다.

상준의 입에서 예상 밖의 한마디가 흘러나왔다.

"저희, 게임을 해보는 건 어떨까요?"

"이 상태로?"

"으어어어……. 조용히 해……."

넘쳐흐르는 열정.

저 열정에 브레이크를 걸어야 한다.

태헌은 본능적으로 상준의 입을 막으려 했다.

'당연히 이 상태면 한정되어 있지.'

「무인도의 법칙」.

이 프로그램 출연을 출연진들이 꺼리는 이유는 다른 이유에 서가 아니었다.

'그야 힘드니까.'

리얼버라이어티 야외 예능의 특성상 출연진이 힘들 수밖에 없다.

그리고 놀랍게도.

시청자들은 그런 포인트를 보기 위해 시청한다.

그 심리까지 완벽히 상준이 분석할 수는 없는 노릇이었지만, 실제로도 그랬다. 굳이 촬영장에서 뱃멀미를 하는 장면을 촬영 하는 이유는 그거였다.

기왕 들어갈 장면이라면 몇 시간 내내 좀비처럼 아우성치는 거보단 쓸 만한 부분이 필요했다.

'그게 바로 게임이지.'

그렇다고 모든 게임을 다 할 수 있는 건 아니다.

흔들리는 배의 특성상 움직이는 게임은 무리고, 일반적인 술 게임처럼 머리를 써야 하는 게임은 더더욱 무리다.

그러니까.

"시체놀이요."

"…아?"

어째 결론이 좀 이상하다.

정남규는 두 눈을 끔뻑이며 상준을 바라보았다.

'혹시 뭔지 모르는 건가.'

상준은 다급히 설명을 덧붙였다.

"가만히 누워서 아무 말도 하지 않고, 움직이지도 않는……."

"아니, 그건 아는데."

정남규는 손사래를 치며 상준을 막아섰다.

아무리 생각해도 이상하다.

"그, 방금 전까지 우리가 하고 있었던 게 그거 아닌가?"

"의미를 부여하는 거죠!"

"아?"

당당한 상준의 태도에 순간 넘어갈 뻔했다.

정남규는 간신히 정신을 붙든 채 반론을 제기하려 했다.

그런데.

"와, 진짜 재미있을 것 같아요!"

팬심으로 무장한 아린은 두 눈을 반짝이며 격하게 동조했다.

'이… 이게?'

정남규는 순간 자신이 '재미'의 정의를 잘못 알고 있었나 돌아봐야 했다.

누구라도 도와줬으면 하는 심정으로 다급히 주위를 바라보았지만, 태헌은 여전히 죽어나가고 있었다.

"으에에에……."

"태헌 선배님은 찬성인가 봐요!"

아린의 해맑은 말에 정남규는 해탈한 얼굴이 되었다.

"좋습니다. 그러면……."

"시작!"

상준의 활기찬 한마디와 동시에 단체로 바닥으로 쓰러졌다.

"으에에……."

시체가 아니라 좀비 영화를 찍고 있는 태헌이다.

그와는 달리, 상준은 혼신의 연기를 하고 있었다.

'촬영이 귀찮아서 그랬나.'

처음에는 잠시라도 눈을 붙이기 위한 수단으로 지어낸 말인 줄 알았다.

분명 그랬는데…….

티 안 나게 슬쩍 눈을 돌린 정남규는 경악했다.

'왜… 왜 저러고 있는 거야?'

연기 천재 재능을 이럴 때 쓰고 있다.

보는 사람이 소름 돋을 정도로 실감 나는 연기력.

「흉부외과」를 평상시에 챙겨 보던 정남규였지만 실제로 이렇게 보는 건 처음이다.

추욱.

미동도 없이 늘어진 상준에, 정남규는 두 눈을 끔뻑였다.

'뭐야, 무서워.'

게임을 하랬더니 호러 연기를 하고 있다.

아까까지 팔팔하던 친구가 저렇게 되어버리다니.

'혹시 죽은 건 아니겠지.'

스윽.

정남규가 당황한 얼굴로 상준을 살피려 다가선 순간.

벌떡.

"아아아악!"

갑자기 일어난 상준에 정남규는 기겁하며 엉덩방아를 찧었다.

"어어!"

상준은 능청스러운 미소를 지으며 정남규를 바라보았다.

"에이, 선배님이 움직이셨네요."

"지셨다, 지셨다!"

"으에에······."

신나서 말을 얹는 아린과 어쩐지 죽어가는 태헌.

당황한 것도 잠시, 정남규는 너털웃음을 터뜨렸다.

"이야, 연기 잘하네."

"감사합니다."

칭찬받으려고 한 연기는 아니었지만.

상준은 머리를 긁적이며 태헌을 돌아보았다.

괴상한 소리를 내던 태헌은 급기야 축 처져 있었다.

'내가 진짜 만건 몰라도 뱃멀미는 장난 아니거든.'

「무인도의 법칙」 촬영 전에 태헌이 했던 말이 떠올랐다.

태헌이 가장 걱정했던 문제가 이거였다. 오히려 무인도에서의 빡센 촬영 스케줄보다도 가는 길이 더 걱정스럽다고 웅얼대던 태헌.

실제로도 다섯 중에서 가장 죽어나가고 있었다.

'거의 도착한 거 같은데.'

창밖으로 육지가 보였다.

착지는 할 수 있을까 싶을 정도로 가파른 돌들이 늘어선 조그마한 섬.

상준은 태헌을 흔들어 깨웠다.

"으어……."

이쯤 되면 시체놀이가 아니라 시체다.

상준은 걱정스러운 눈길로 태헌을 살피며 말했다.

"죽은 척하는 게 아니라 죽은 거 같은데요?"

"……."

다행히도 배는 무사히 육지에 정박했다.

"도착했습니다!"

스태프의 지시를 따라, 상준은 기진맥진한 태헌을 배에서 간신히 끌어 내렸다.

"어흑."

돌로 되어 있는 육지에 조심스레 발을 내디뎠다.

무인도라는 것이 실감 날 정도로 새삼 황량한 땅이었다.

상준은 옷소매를 다듬으며 중얼거렸다.

"…춥네."

차가운 바람이 거듭 뺨을 때렸다.

서늘한 공기에 처져 있던 태헌도 정신을 차렸다.

"와, 진짜 죽는 줄 알았다."

"괜찮냐."

"아니, 안 괜찮네. 어휴, 너무 오래 걸려서."

잠시 비틀대던 태헌은 상준을 따라 무인도 안쪽으로 향했다.

"자, 이쪽으로 모여주세요."

상준, 태헌, 아린, 그리고 초면인 김 혁과 정남규까지.

나란히 선 다섯의 앞으로 카메라가 분주하게 세팅되었다.

이제 본격적인 촬영에 들어갈 차례였다.

탁.

슬레이트 소리와 동시에 눈치를 살피던 정남규가 조심스레 입을 열었다.

"저희… 이제 뭐 하면 될까요?"

휘이잉—.

바람 소리가 들려올 정도로 휑한 무인도다.

야외 예능이라고 해도 대본이나 매뉴얼은 있게 마련인데, 관련된 내용을 전혀 전달받지 못했다.

"촬영이요?"

그 순간, 상준의 시선에 익숙한 얼굴이 들어왔다.

「무인도의 법칙」을 처음 기획했던 이은영 작가.

'여기까지 직접 올 줄은 몰랐는데.'

이은영 작가는 볼펜을 돌리며 출연진을 훑었다.

예능작가가 아니라 드라마 촬영 현장에 온 감독 같은 카리스마.

잠시 뜸을 들이던 그녀의 입에서 폭탄 같은 한마디가 튀어나왔다.

"자유롭게 하세요."

"네?"

정남규는 두 눈을 번쩍 뜨며 되물었다.

도무지 납득이 가지 않는 소리여서였다.

무인도라는 특수성까지 있는 야외 예능인데, 아무런 스토리도 없다니.

'심지어 이은영인데.'

시청자들이 좋아할 요소, 익스트림한 에피소드까지.

비단 드라마가 아니라 하더라도 그런 걸 기대했던 정남규였다.

"……."

출연진들의 시선이 모두 그녀에게 쏠렸다.

하지만.

이은영 작가의 대답은 그대로였다.

단호한 그녀의 목소리가 무인도에 울려 퍼졌다.

"대본은 없습니다."

*　　　　　*　　　　　*

이은영 작가의 한마디에 촬영장은 아수라장이 되었다.

"뭐… 뭐부터 해야 하지."

가만히 서서 빠르게 머리를 굴리고 있는 정남규.

우선 뭐라도 해보자며 갑자기 나무를 구하러 간 김 혁까지.

혼란스러운 와중에 태헌이 기름을 부었다.

"저, 저 친구는 뭐 하는 걸까?"

상준은 태헌을 유심히 지켜보며 아린에게 말을 걸었다.

웬만하면 나서서 도울 아린이었지만, 그녀 역시 충격에 빠진 얼굴로 가만히 서 있었다.

"그… 그러게요."

아직 뱃멀미의 여파가 가시지 않은 건지, 태헌은 어디선가 주워 온 나뭇가지로 해변가에 글귀를 적고 있었다.

차라리 로맨틱한 글귀였으면 더 나았겠지만, 태헌의 손으로써 내려간 글귀에는 다급함이 돋보였다.

'사람… 살… 려주세요…….'

급기야 어디서 구해 온 건지, 비닐봉지를 하나 쥐고선 흔들고 있는 태헌이다.

상준은 그런 태헌을 보며 나직이 중얼거렸다.

"이쪽은 예능을 찍고 있고."

상준의 시선이 장작을 짊어지고 오는 김 혁에게로 향했다.

김 혁은 끙끙대면서도 묵묵히 나뭇가지를 모으고 있었다.

방송인데도 말 한마디 하지 않는 심각한 얼굴.

"…저쪽은 다큐를 찍고 있네."

이은영 작가의 시선이 순간 상준에게 고정되었다.

아까부터 줄곧 빤히 바라보고 있는 눈길을, 상준이 모를 리가 없었다.

'뭐라도 기대하는 걸까.'

잠시 망설이던 상준은 정남규 앞으로 다가갔다.

'솔직함과 성실함.'

이은영 작가가 기대하는 것이 그거라면, 준비해 온 게 있어서였다.

상준은 조심스레 정남규에게 말을 걸었다.

"선배님, 제가 이 섬에 대해 알아본 게 좀 있는데요."

"어, 그래요?"

정남규는 듣던 중 반가운 소리라는 듯 상준을 돌아보았다.

오랜 예능 경력의 그조차 대본 없이 던져지니 떠오르는 것이 없었다.

그런 상황에서 어떤 아이디어든 던져만 준다면 감사할 따름이었다.

"뭐부터 하는 게 좋을까?"

"일단 이 섬의 특성을 파악해 봤어요."

상준은 머리를 굴려 어젯밤의 기억을 떠올려 냈다.

암기 천재 재능으로 간신히 끌어모은 사소한 지식들.

이제는 그 지식들을 보여줄 차례였다.

"말해봐요. 여기 구조가 어떻게 되어 있는지도 모르니까."

섬의 구조를 파악해야 뭐라도 할 텐데, 무작정 걸으려던 계획과는 달리 생각보다 섬이 넓었다. 그런 정남규의 걱정에 부응하듯 상준은 섬의 구조를 읊어나갔다.

그런데.

"총면적 1,107제곱미터고, 해안선 길이가 대략 6km예요. 아, 뒤쪽은 돌이고 지반이……."

"아니, 아니."

이렇게 자세하길 바란 건 아니었다.

정남규는 적잖이 당황한 눈길로 상준을 다급히 막아섰다.

"그, 그런 거 말고 좀 더 실용적인 거 없을까?"

누가 보면 이 무인도에 건물이라도 지으러 온 줄 알 터였다.

"푸흡."

상준을 가만히 지켜보고 있던 이은영 작가는 입을 가리며 웃고 있었다.

"아."

상준은 뒤늦게 고개를 들었다.

'모닝콜은 3분 27초의 곡으로서, 어쿠스틱 베이스에 부드러운 드럼 비트가 인상적인 곡입니다. 또 모닝콜처럼 아침을 깨우는 노랫소리를 지향하는 노래로……'

어쩐지 과거의 흑역사가 떠오를 법한 멘트였다.

지나친 성실함이 불러온 과욕에 상준은 얼굴을 붉히며 말을 돌렸다.

'실용적인 거라.'

상준이 비단 섬의 구조만 외워 온 건 아니었다.

생존과 관련된 너튜브 방송만 밤새도록 찾아보고 온 상준이다.

그중에서도 가장 인상 깊었던 대사를, 상준은 진지하게 내뱉었다.

"그, 제가 들은 말이 있는데요."

"뭔데요?"

나무를 힘겹게 끌어 온 김 혁도 상준에게 시선을 고정했다.

펄럭펄럭—.

비닐봉지를 흔들고 있던 태헌도 고개를 돌렸다.

"……."

모두가 상준에게 집중한 순간.

상준의 입에서 충격적인 한마디가 흘러나왔다.

"애벌레는 훌륭한 단백질 공급원이라고."

스스로도 뱉어놓고 뿌듯한 표정이다.

예습 복습을 철저히 한 덕에 알아낸 값진 정보.

상준은 두 눈을 반짝이며 출연진들을 돌아보았다.

어째 돌아온 반응은 영 아니었지만.

"…아."

"하하, 실용적이네요."

김 혁은 빠르게 시선을 돌렸고, 태헌은 다시 격하게 비닐봉지를 흔들어대기 시작했다.

'애벌레! 애벌레라니!'

"사람! 살려! 주세요!"

이번엔 다급함이 훨씬 더해진 기분이다.

'먹을 거라도 줄 줄 알았는데.'

어차피 방송은 방송이라며 자신을 안심시키던 매니저의 얼굴이 떠올랐다.

'매니저님……. 애벌레 먹게 생겼어요.'

아이돌에 애벌레라니.

태헌은 절망하며 해변가에 글귀를 추가했다.

'애벌… 레……. 싫어요…….'

하지만, 마냥 이렇게만 있을 수는 없다.

"후우."

열심히 구조 요청을 해대던 태헌이 현실을 깨달은 건 한참 뒤였다.

반쯤 해탈한 태헌의 입에서 그나마 쓸 만한 말이 튀어나왔다.

"…일단 불부터 피우죠."

*   *   *

섬의 구조를 빠짐없이 외워 온 것도, 밤새 생존 관련 너튜브를 찾아본 것도.

여기까지는 모두 노력이었다면, 이제는 재능의 영역이었다.

상준은 자신 있게 김 혁이 주워 온 나뭇가지로 향했다.

"불을 피우는 건 마찰열을 이용해서……."

그 와중에도 쉴 새 없이 이어지는 상준의 설명을 정남규가 커트했다.

"실용적인 거."

"아, 실용이면."

상준은 고개를 끄덕이며 나뭇가지를 다시 쥐었다.

참으로 실용적인 상준의 한마디가 흘러나왔다.

"그냥 비비면 됩니다."

하지만, 이번만큼은 상준의 말이 맞았다.

불 피우는 데 조금이나마 도움이 될 도구가 있었다면 더 좋았겠지만, 아무것도 보이질 않았다.

상준은 잠시나마 선우의 배려를 떠올렸다.

'토치든 또치든 데리고 탈걸.'

이제 와서 후회해 봐야 늦었지만.

상준은 뻐근한 몸을 스트레칭하며 인상을 찌푸렸다.

내일쯤 되면 일어나는 것조차 버거울 게 뻔했다.

생존 너튜브에서 이런 경우를 익히 봐왔으니까.

"후우."

하지만.

상준에겐 재능이 있었다.

상준은 미소를 지으며 허공에서 책 한 권을 꺼내었다.

「불 피우기의 모든 것」.

재능을 대여한 상준이 다시 나뭇가지를 쥔 순간.

"어……?"

"와."

아까까지만 해도 얼이 빠져 있던 출연진들이 감탄을 뱉었다.

'뭐지.'

손이 보이지 않을 정도로 엄청난 속도.

그렇다고 해서 다른 스킬이 있는 것도 아니었다.

분명 상준이 말했던 대로다.

'그냥 비비면 됩니다.'

정석에 맞게, 그냥 비비고 있을 뿐인데.

상준의 나뭇가지에서 연기가 피어오르기 시작했다.

"와, 됐다."

"헐, 이거 빨리 이쪽으로 옮겨요."

어느덧 상준의 손끝에서 만들어진 불씨.

위태롭게 피어오르는 불씨를 발견한 태헌이 호들갑을 떨었다.

아린은 재빨리 달려가 땔감으로 쓸 만한 나뭇가지들을 끌어왔다.

"불, 불이다!"

아린의 땔감 덕에 상준이 피워놓은 불씨는 활활 타오르기 시작했다.

몇 시간은 족히 걸릴 줄 알았던 작업이 채 10분도 되지 않아서 끝났다.

가만히 지켜보고 있던 스태프들 사이에서도 탄성이 튀어나왔다.

"이, 이거 많이 해봤어요?"

"네?"

저도 모르게 질문을 던진 정남규는 당황한 표정으로 말을 수습했다.

"아, 별거 아니에요. 너무 잘해서."

'하긴 해봤을 리가 없지.'

스스로 생각해도 멍청한 질문이었다.

하지만, 상준의 손놀림은 저도 모르게 그런 물음을 던지게 했다.

정남규는 머쓱한 미소를 지으며 고개를 저었다.

그 순간.

김 혁이 피식 웃음을 흘리며 말을 뱉었다.

"아, 이걸 이제야 줘요?"

제작진의 예상보다 불 피우기가 빨리 끝나긴 했지만, 3박 4일 내내 기본적인 도구도 주지 않을 리 없었다. 김 혁은 제작진의 묵직한 선물을 받아 들고선 투덜거렸다.

"불 피우는 것도 여기에 있네."

"와, 진짜 나빴다."

"그러게요."

뒤늦게 손에 들어온 라이터를 확인한 출연진들은 울상을 지었지만, 마냥 이러고 있을 시간은 없었다.

해가 중천에 뜬 지 한참이 지났으니, 언제 질지 모른다.

출연진들은 이내 분주해졌다.

"자자, 이제 뭐 하죠?"

도구까지 받았으니 한결 자신감이 오른 그들이다.

상준은 머릿속에 든 지식을 바탕으로 빠르게 말을 쏟아내기 시작했다.

"우선 집부터 지을까요?"

"어어, 좋다."

"집은 이런 지형에……."

또다시 술술 정보들을 쏟아내는 상준.

아까였으면 실용을 외쳤을 정남규도 어느 순간부터 감탄만 뱉어냈다.

"진짜 백과사전이네."

"준비할까요?"

성실함과 재능.

그 두 개가 합쳐진다면 저런 결과물을 만들어낼까.

"태헌아, 이쪽부터 파고 있을까?"

"여기 자리?"

"이쪽으로 들어가면 될 거 같은데. 지지대 설치하고."

몇 번 자리를 스캔하던 상준은 곧바로 행동에 돌입했다.

「삽질의 제왕」.

삽을 움켜쥔 채 순식간에 딱딱한 바닥을 파 내려가는 상준.

김 혁은 정남규에게 슬쩍 말을 걸었다.

열심히 하는 신인.

이렇게 직접 만나기 전까진 그렇게 짐작했던 김 혁이다.

"아니, 노래도 잘해. 연기도 잘해. 그건 둘째 치고."

"……."

"형님, 쟤, 삽질도 잘하는데요?"

삽질마저 잘하는 연예인.

살다 살다 저런 캐릭터는 처음 보는 그였다.

그리고, 그건 정남규도 마찬가지였다.

"허어."

정남규는 혀를 내두르며 일거리를 찾아 벌떡 일어났다.

한편, 비슷한 반응은 옆에서도 이어졌다.

신들린 듯한 삽질에 상준을 거들던 태헌은 입을 떡 벌렸다.

"이야."

무슨 말로 표현해야 할지는 모르겠지만.

"삽질 잘한다."

"…욕은 아니지?"

순수한 칭찬이었다.

태헌은 웃음을 터뜨리며 지지대로 쓸 만한 나무를 상준에게 건넸다.

「건축의 마스터」.

상준은 또다시 리스트에 올려두었던 재능을 꺼내었다.

빠른 손놀림은 제작진이 건넨 포대에 들어 있었던 밧줄로 향했다.

'혹시 비가 올지도 모르니까.'

기초부터 비를 비교적 막을 수 있는 형태로 잡긴 했지만, 임시 안식처라고는 해도 좀 더 튼튼할 필요가 있었다.

빠르게 매듭을 고정한 상준 덕에, 집은 금세 형태를 갖추어 갔다.

"아니, 진짜 어디서 배운 거 아니에요?"

운동선수기에 체력 면에선 밀리지 않는다고 굳게 믿었던 김 혁이었다. 그런 그조차도 오는 길에 상당히 지쳐 있었던 상태다.

그런데 저리도 쉴 새 없이 일을 할 수 있다니.

"체력이 대단한데요."

김 혁은 웃음을 터뜨리며 상준을 도왔다.

"에이, 아니에요."

상준에게 시선이 쏠린 건 비단 출연진들만이 아니었다.

'아니, 잘하길 바란 건 아니었는데.'

이은영 작가는 당황한 낯빛으로 상준을 빤히 바라보았다.

운동신경을 요하는 일이나 생존 면에선 김 혁을, 예능의 능숙함과 재미를 위해선 정남규를. 고정 멤버 둘을 제외한 나머지 패널들에겐 미숙한 성실함을.

이은영 작가가 사전에 계산해 둔 캐스팅이었다.

'성실하기만 할 줄 알았는데.'

김 혁이 꺼낸 말을 이은영 작가 역시 하고 싶은 심정이었다.

연기는 둘째 치고 무인도에서 저렇게 날아다닐 줄이야.

이은영 작가는 저도 모르게 작게 중얼거렸다.

"아니, 저게 아이돌이야, 원주민이야."

막힘없이 척척.

마치 '저 무인도 생활 22년 차예요'라고 말하는 듯한 능숙함.

모두의 관심이 상준을 향하는 동안, 상준은 다른 곳을 보며 감탄하고 있었다.

'진짜 성실하다.'

끙끙대면서도 제가 해야 할 일을 알아서 찾아내는 아린.

분명 지쳤을 텐데도 내색조차 없다.

"이거 이쪽에 두면 될까요?"

언제나처럼 밝은 에너지로, 아린은 생글거리며 일을 이어갔다.

무인도에 도착한 이후로 줄곧 묵묵히 상준을 거드는 아린이다.

그런 아린을 보며, 상준은 또다시 자신을 떠올렸다.

"......"

그날, 대기실 복도에서 아린이 흘렸던 눈물의 의미를 알 것 같았다.

꾸준히 노력했지만 한 번도 주목을 받지 못한 거에 대한 설움.

그 설움이라면.

"한번 여기 볼래요?"

잠시나마 상준이 해결해 줄 수 있었다.

"네?"

미소를 지은 상준의 손에서 은은한 빛이 새어 나왔다.

＊　　　　＊　　　　＊

은은한 빛을 뿜어내는 책 한 권.

남들에겐 보이지 않을 책이었지만, 상준은 그 책을 조심스레 아린의 손에 쥐여주었다.

[재능이 활성화됩니다.]

손끝에 바람이 스쳐 가는 기분.

상준의 시야에 떴을 메시지를 짐작조차 못 할 아린은, 묘한 기분에 빠졌다.

하지만, 그것도 잠시.

아린은 놀란 눈으로 뒤늦게 물었다.

"무슨 말 하려던 거였어요?"

잠시 보라고 해서 보긴 했는데, 별말이 없으니 여간 이상한 게 아니다.

상준은 대수롭지 않은 눈길로 고개를 저었다.

"아, 별거 아니에요. 줄 좀 잡아줄래요?"

"아!"

아린은 다급히 상준의 손에 밧줄을 쥐여주었다.

어느덧 뼈대가 완성되었다.

마지막 매듭까지 마무리하고, 상준은 미소를 지으며 한 걸음 뒤로 물러섰다.

"오호."

아린의 주위로 은은한 빛이 새어 나오고 있었다.

마찬가지로 다른 이들 눈엔 보일 리가 없지만.

무형의 변화는 엄청난 결과를 이끌어낼 터였다.

'조합.'

'이거면 되려나.'

그때 상준이 조합했던 두 가지 재능은 「위대한 교육자」와 「무대의 스포트라이트」였다.

'이 두 재능이 합쳐지면 어떻게 될까.'

빛이 은은하게 도는 책의 첫 장을 넘겼을 때, 상준은 알 수 있었다.

이건 영구적인 게 아니라는 것을.

대상자에게 스포트라이트를 줄 수는 있지만, 그 기간은 일주일로 제한된다. 중복으로 동일한 재능을 줄 수 없다는 제한까지 걸려 있으니, 그다음은 오로지 그 당사자의 몫.

하지만, 상준은 믿었다.

'잘하겠지.'

단 한 번도 주위의 시선을 받아본 적이 없던 아린이다.

예전의 상준과는 달리 재능이 있는 아이. 거기에 더해진 성실함까지. 날개만 달아준다면 충분히 날아오를 친구다.

그리고, 실제로도 재능은 곧바로 효과를 드러냈다.

"와, 이거 뭐예요?"

"제가 만들어봤어요."

"손재주가 좋네."

임시로 만들어진 은신처에 섬세한 손길로 만들어놓은 베개.

비록 나뭇잎으로 만들었지만 제법 푹신하다.

"그러게요."

묵묵히 제 할 일을 할 때에도 아무도 바라봐 주지 않았던 아린이다.

그런데, 지금의 반응은 아까와는 퍽 달랐다.

아린 본인이 느낄 정도로.

"아니, 이런 건 어디서 배웠어요?"

"아, 그게……. 제가 예전에 공예 같은 거 조금 배웠었거든요."

"어쩐지. 아까 매듭도 잘 묶더라."

갑작스러운 변화에 아린은 속으로 놀라면서도 들뜬 모양새였다.

상준은 그런 아린을 피식 웃으며 지켜보았다.

"이쪽으로, 이쪽으로!"

"네, 갈게요!"

신이 난 아린은 정신없이 집 짓는 일을 거들었다.

워낙 꼼꼼한 성격 덕에 빠지는 재료 없이 튼튼한 집을 만들어 내는 아린이었다.

'칭찬을 받으면 더 잘하는 스타일인가.'

상준은 흐뭇한 미소를 지으며 튼튼한 은신처를 바라보았다.

불도 피우고, 집도 마련했으니 대강 할 일은 끝났다.

"자. 모여봅시다!"

카메라를 슬쩍 확인한 정남규가 아린에게 말을 걸었다.

"신인이니까 데뷔곡으로 한번 장기 자랑 해봐요."

"좋다, 좋다."

신인에게 예능은 기회이다.

자신의 재능을 대중에게 선보일 수 있는 기회.

홍보를 하기 위한 발판을 만들어주는 정남규에, 아린은 감격한 얼굴로 카메라를 응시했다.

"해볼까요?"

"가자, 가자!"

"와아아아!"

이유는 모르겠지만 묘한 빛이 나는 기분.

아까까지는 별 관심도 없었던 이은영 작가 역시 아린을 향해 시선을 고정했다.

마이크도 없고, 음향 장비는 더욱이 없다.

차라리 MR이라도 있으면 좋으련만, 그조차도 없는 생라이브 무대다.

갑작스러운 주목에 두 손이 방정맞게 떨려왔지만, 아린은 그 이상으로 간절했다.

어쩌면 마지막 기회가 될지도 모르는 무대.

상준을 슬쩍 돌아본 아린은 부드러운 미소를 지었다.

'할 수 있다.'

짧게 되뇌인 아린은 조심스레 입을 뗐다.

그리고.

고요한 무인도에 감미로운 그녀의 목소리가 울려 퍼지기 시작했다.

별빛이 쏟아지던 그 바다에서―

난 너와 함께 있었어

가만히 서 있던 상준은 노래의 정체를 깨닫고 두 눈을 크게 떴다.

'저 노래는……!'

상준이 처음 '마이픽'에 나갔을 때 불렀던 노래.
탑보이즈의 첫 자작곡 '밤바다'였다.
잔잔한 밤바다와 어울릴 법한 감성적인 노래 가사.

나는 그때 그 밤바다를 기억해

그 당시, 탑보이즈가 선보였던 무대와는 또 다른 매력이다.
상준은 저도 모르게 아린의 무대에 빠져들었다.
"와."
듣는 이들을 편안하게 만들 정도로 청아한 목소리.

'제 이름은 서아린이에요! 기억해 주세요!'

처음 버스킹 무대에서 만났을 때도, 목소리가 좋다는 건 알고
있었다.
하지만, 라이브로 듣는 아린의 목소리는 차원이 달랐다.
MR이 없는 무대임에도 그 공백마저 채워 버리는 목소리다.
"노래 잘하는데요?"
이은영 작가도 놀란 눈으로 PD에게 말을 걸었다.
무인도에서 펼치는 무대라고는 믿기지 않을 정도로 속이 꽉
찬 가창력이다.

나는 그때 그 밤바다를 기억해

처음에는 살짝 떨렸지만, 어느샌가 무대를 즐기고 있는 아린이다.

아린은 다급히 상준을 향해 눈짓을 보냈다.

'같이 불러요.'

상준은 웃으며 아린을 따라 일어섰다.

'밤바다'의 메인보컬을 맡았던 상준.

그 네임이 괜히 있지 않다는 걸, 상준은 첫 소절부터 증명해 냈다.

"와."

별빛이 쏟아지던 그 바다에서—

난 하늘을 보고 있었어

부드럽게 깔리는 상준의 목소리와 그 위로 얹어지는 아린의 명랑한 라이브. 가만히 듣고 있던 태헌은 넋을 놓고 말았다.

'이거다, 이거.'

무인도에서 이 정도로 고퀄리티의 무대가 나올 거라고는 생각도 못 했다.

카메라 감독은 놀란 눈으로 둘의 무대를 담기에 바빴다.

"……"

수많은 예능프로에서 자신의 곡을 홍보하러 나온 가수를 봐온 정남규다.

하지만, 그의 반응 역시 태헌과 같았다.

이런 무대는 처음이다.

듣는 사람의 마음을 울리는 듀엣 무대.

난 기억해

그 밤바다를 기억해

상준은 카메라를 응시하며 마지막 소절을 뱉었다. 듣는 사람
으로 하여금 여운을 남기는 무대였다.

"이야."

감미로운 둘의 목소리와 함께, '밤바다' 무대는 끝이 났다.

"와아아아!"

"아니, 이게 라이브라고?"

오히려 반주가 깔리지 않았기에, 더욱 본연의 목소리를 살려냈
던 무대다.

완벽한 무대 앞에서 한참 동안 함성이 이어졌다.

"아니, 진짜 저런 라이브는 처음이네."

"저, 듣고 있다가 감동받았잖아요."

제작진이 나눠 준 간식으로 끼니를 해결하면서도, 출연진들은
거듭 둘의 무대에 감탄했다. 무인도와 놀랍게도 어울렸던 노래.

그 무대를 곱씹으며 대화를 나누는 동안, 어느새 해는 저버렸다.

"자, 이제 슬슬 들어가죠."

정남규와 김 혁은 지친 몸을 이끌고 은신처로 들어갔다.

"네, 눈 좀 붙여야겠네요."

아침부터 빡센 일정이었으니 피곤할 수밖에 없었다.

아무리 열정으로 버틴다고 쳐도 힘든 스케줄이었다.

상준은 기지개를 켜며 아린이 만들어놓은 푹신한 잠자리에
몸을 기댔다.

"……"

그렇게 몇 시간이 지났을까.

"어……?"

익숙하지 않은 잠자리 탓에 잠에서 깬 상준은 이내 놀란 눈이 되었다. 분명 새벽 시간대임에도, 분주하게 모닥불을 지키고 있는 이가 있어서였다.

"왜 여기 있어요?"

어흑.

허리를 굽히며 집 밖으로 나온 상준은 당황한 얼굴로 말을 걸었다. 모두들 잠에 든 시간이다.

"아."

아린은 머쓱한 미소를 지으며 나뭇가지를 모닥불에 던졌다.

"좀 추워서요. 불 꺼질까 봐 지키고 있었어요."

무인도라 워낙 바람이 세게 불다 보니, 모닥불이 꽤나 위태로워 보였던 모양이다. 혹시 누워 있는 다른 출연진들이 추울까봐 모닥불을 지키고 있었던 그녀였다.

"……"

상준도 인정할 정도의 성실함.

처음으로 주목을 받은 덕에 들떴을 법도 한데, 그런 건 전혀 보이질 않았다. 오히려 무거운 무게를 어깨에 진 듯 신중해 보였다.

'아니, 19살 맞아?'

도영과 동갑이다.

'살아서 돌아와! 올 때 메로나! 알지, 알지?'

마지막까지 까불거리던 도영을 떠올리며 상준은 세차게 고개
를 저었다.

"어휴."

누구는 저리도 까불거리는데, 이쪽은 너무나도 바람직하다.

상준은 새삼 감탄하며 손을 모닥불에 가져다 댔다.

"확실히 따뜻하네요."

"선배님."

"네?"

그래 봤자 한두 달 선배다.

상준은 어색한 미소를 지으며 고개를 끄덕였다.

"제가 왜 선배님 팬인 줄 아세요?"

상준은 갑작스러운 물음에 두 눈을 동그랗게 떴다.

"네……?"

아린이 그를 순수하게 동경했던 이유는 뭐였을까.

떠오르는 신인이라서, 노래를 잘 불러서?

지금 돌이켜 보면 그 이유는 아니었다.

그냥…….

"빛이 나는 것 같았어요."

"제가요?"

상준은 피식 웃으며 고개를 갸우뚱해 보였다.

캄캄한 밤하늘 가득 떠오른 별들.

아린은 그 별들을 올려다보며 말을 이었다.

"저 별처럼 되고 싶었어요."

스타.

그 한 단어가 의미하는 게, 저 별이라고 생각했다.

가만히 있어도 빛나는 사람.

"그러니까."

남의 도움으로 빛나는 것이 아니라, 스스로의 힘으로 빛나는 사람.

"…선배처럼."

아린은 자신의 힘으로는 빛날 수 없다고 생각했다.

그렇기에 희망이 없다고 스스로 단언하고 있었던 거였다.

홍보도, 스케줄도 거의 잡아주지 못했던 중소 엔터.

자신이 뜰 길은 없기에, 꿈을 포기해야 하나 진지하게 고민했었다.

'상업성이 없잖아, 너네는.'

스스로의 무력함을 알았기 때문에, 날이 선 말을 들으면서도 인정하기만 했다.

그런데.

'…나는 안 팔릴 사람인가요?'

그때, 상준이 건넸던 그 말을.

아린은 오랫동안 곱씹어보았다.

처음에는 그 말의 의미를 이해할 수 없었는데 이젠 답할 수 있을 거 같았다.

"선배는 안 팔릴 사람이 아니라 못 팔죠."

"……"

"그때, 그랬잖아요. 사람은 숫자로 못 매긴다고."

아린은 미소를 지으며 저 하늘의 별을 손으로 가리켰다.

바라보기도 힘들 정도로 높은 곳에 있는 별.

마냥 멀게만 느껴졌던 별이지만 오늘만큼은 아니었다.

손을 뻗으면 저 별에 닿을 것만 같다.

"우리는 저 별의 가치를 평가하지 못하잖아요."

"그렇죠."

그게 바로 스타니까.

그리고, 오늘.

아린은 조금이나마 그 별에 다가선 것 같았다.

"후우."

다시 생각해도 벅차오르는 기분.

처음에는 마냥 신기했다.

한 번도 받지 못했던 관심을 오늘 몰아서 받는 기분이 들었으니까.

그래서일까.

예전에는 없던 자신감이 생기기 시작했다.

'스스로 빛나는 사람이 될 수 있지 않을까.'

그토록 동경해 왔던 저 별처럼.

그렇게 된다면, 더 이상 가만히 기다리고만 있지는 않을 생각
이었다.

'야, 니들이 튀어야 할 거 아냐?'

'연습이라도 똑바로 하든가. 이런 놈들이 허구한 날 소속사 탓이

나 하지. 니들이 부족한 건 멱살 잡고도 못 끌어올려, 알아?'

또, 그런 말을 듣고만 있지 않을 생각이었고.

'별에게는 아무 말도 못 하잖아.'

연예계는 냉정하다.

자신이 저 별에 한 걸음 다가설 때마다, 매니저의 태도도 달라질 거란 걸 알고 있었다.

신인의 노력은 수없이 재단하고 평가하던 이들이지만, 스타의 노력은 하나의 스토리가 된다.

저 별이 전해오는 수많은 신화들처럼.

"그래서 생각을 바꿨어요."

생각을 마친 아린은 밤하늘을 올려다보며 일어섰다.

이내 두 눈을 반짝이며 상준을 돌아보는 아린.

어딘가 결연한 아린의 목소리가 은은하게 울려 퍼졌다.

"제 가치는 제가 정해요. 숫자로 매기는 게 아니라."

왜냐하면.

"전 저 별이 될 거니까."

『탑스타의 재능 서고』 5권에 계속…